La reina del baile

Camila Fabbri

La reina del baile

EDITORIAL ANAGRAMA
BARCELONA

Ilustración: «PJ», © Jen-Chieh Wang

Primera edición: *noviembre 2023*
Segunda edición: *noviembre 2023*
Tercera edición: *marzo 2024*
Cuarta edición: *abril 2024*

Diseño de la colección: Julio Vivas y Estudio A

© Camila Fabbri, 2023
   CASANOVAS & LYNCH AGENCIA LITERARIA, S. L.
   info@casanovaslynch.com

© EDITORIAL ANAGRAMA, S. A., 2023
   Pau Claris, 172
   08037 Barcelona

ISBN: 978-84-339-2217-5
Depósito legal: B. 17623-2023

Printed in Spain

Romanyà Valls, S. A.
Verdaguer, 1, 08786 Capellades (Barcelona)

El día 6 de noviembre de 2023, el jurado compuesto por Ana Cañellas (de la librería Cálamo), Gonzalo Pontón Gijón, Marta Sanz, Juan Pablo Villalobos y la editora Silvia Sesé otorgó el 41.º Premio Herralde de Novela a *El desierto blanco*, de Luis López Carrasco.

Resultó finalista *La reina del baile*, de Camila Fabbri.

Noche de viernes y las luces están bajas
buscas un lugar adonde ir
donde pongan esa música
metiéndote en el ritmo
viniste a buscar un rey.
Cualquiera podría ser ese hombre
la noche es joven y la música está alta
con un poco de música rock
todo está bien
estás de humor para un baile.
Y cuando tienes la oportunidad
eres la reina del baile
joven y dulce.

ABBA

Ayer por la noche salimos a bailar y te rompí la pierna.
Perdóname. Estuve muy torpe, y
te quería aquí en la clínica, ¡donde soy el médico!

KENNETH KOCH

0. DEPORTES DE IMPACTO

–Chh, Paulina. ¿Estás ahí?

Apenas logro abrir el ojo derecho y noto que algo fino y agudo me está comiendo el globo ocular. Podría ser el pico de una pobre paloma torcaz. Me parece que me sangra la córnea, o tal vez sea la pupila. No lo sé, no estoy segura. No tengo mucho vocabulario para la vista. Por la luz diría que es de noche: esos rayos rojos y amarillos que avanzan desde atrás de los edificios, pero tampoco lo sé. Apenas logro ver la rama seca de un árbol arriba del capó. Mando la señal con el cerebro pero el torso no responde, mi cuello sigue intacto. Despego la nuca del asiento delantero del auto y una cascada de vidrios cae hasta rodearme el culo como si fuera una fogata. Algunas astillas se me clavan en la raya. El dolor es cierto. Lo que pensé que era un pájaro picándome el ojo en realidad es vidrio, el blindaje antivandálico que pagué en doce cuotas sin intereses el año pasado. Esos actos que fingen pequeñas valentías.

El torso tampoco me responde, sigue adherido a la cuerina ahí, con el cinturón de seguridad puesto, como si yo misma fuera ese muñeco de plástico que usan para los simulacros de la desgracia vial. El estéreo sintoniza un dial que no existe. Se oyen mil voces de mujeres, hombres, criaturas. Cada tanto una tanda de publicidad. De vez en cuando aparece alguna palabra nítida como «inflación», «dólar», o alguna frase hilada como «Supermercados Rua», «Jabón Fuku», «Sigue la preocupación por el aumento de». Tengo el pecho caliente y el latido de mi corazón apenas lo noto. Es una agitación demasiado tímida. Algo a punto de desaparecer.

—Chhh, ¿me escuchás? Paulina, no te hagas la muerta.

El silencio debe ser por la hora, está demasiado callado ahí afuera. Tendré que esperar a que alguien venga a buscarme. Un líquido caliente se derrama ahora desde el interior de mi oído. Eso puede querer decir muchas cosas, ninguna buena, ninguna saludable. Tengo frío, me tiembla la mandíbula. Alguna vez oí hablar del frío que se siente antes de morir, pero yo juraría que esto que hago acá es estar viva. No sé adónde iba, tampoco de dónde vengo. No hay nada que yo sepa.

Quiero gritar ¡Felipe! pero no me sale la voz. Además del pecho, también siento la garganta caliente, y las tetas como un nido de gorriones. Bien podría tener plumas ahí dentro. Desde que abrí los ojos que tengo sensaciones de pájaro. Algo en este coche me genera náuseas, ¿o acaso es alergia?

Ahora sí logro ver con claridad una cosa. Parece que el parabrisas tuviera una mancha de aceite o eso que pasa cuando se golpea un charco de agua, que se expande en una rotura que pareciera que alguien vino y dibujó. Ahí muy chiquita, en el fondo abajo, noto una mancha de color entre café y bordó. Esa sangre es mía: aunque sea igual que cualquier sangre que haya visto, sé que es mía. Puedo verle el ADN desde lejos. ¡Qué mal quedó el auto! Ahora es una chatarra más y antes era un objeto querido, o al menos tenido en consideración. ¿Quién se apiada de los autos abollados? Se me astilla el corazón de verlo así.

Silencio.

Puedo verme las zapatillas blancas, intactas, que me calcé mientras oía la risa histérica de dos conductoras de radio. El jean que me queda grande y esas bolsas grises de tabaco. Entonces no, claro que no, no estoy tan mal de la memoria. No es alzhéimer o una degeneración en el tejido del cerebro. Tengo otra cosa. Las ramas del árbol que puedo ver también podrían ser neuronas, y la rotura en el parabrisas también podría ser una cadena sin fin de conexiones nerviosas. Qué buena soy haciendo síntoma. Qué agudizado tengo el oído para el malestar, cualquier malestar, todos los malestares juntos. Es que me duele tanto el ojo, es que estoy tan ahí nomás de perder la visión.

Muevo apenas el cuello y todo el cuadro se pone amarillo. Solamente puedo oír con claridad y lo que viene es el fium del primer viento de la jornada. Un perro corre afuera del auto y sube sus dos patas delanteras a mi ventanilla. Me mira y jadea, de la boca le sale la típica saliva mamífera. Ensucia mi auto. Sabe que acá dentro hay una criatura moribunda, o es que le atrae el olor de la sangre. Claro, los animales. Tiburones y perros no difieren en nada. Salí de acá, basura, le diría. Cuadrúpedo callejero de barrio pobre. Andá a chupar algo muy sucio. No me mirás con solidaridad, querés chuparme la sangre del ojo como si fuera un helado de agua. Si fueras mi perro te encerraría en la cocina con la luz apagada. Ah, qué poca imaginación para la maldad. Sigo viendo amarillo. Detrás de mí oigo, apenas, una respiración. No puedo girar el cuello. Sospecho que está roto, y si fuera así, me creman o me sumergen bajo tierra en un cajón de madera con un Cristo plateado. Subo la vista, lo que puedo, lo que me permite esta posición, este cinturón salvador, este estado de vegetación. Apenas veo pero veo. Dormida o desmayada, no creo que muerta, una chica de alrededor de quince años. Lleva un vestido floreado y zapatillas blancas iguales a las mías. No sé quién es pero está en mi auto y tampoco se mueve. Me pregunto qué estará haciendo y me da tanta ansiedad no encontrar en ninguna espiral de mi cabeza algún hilito para tirar que me diga quién es esta lacia finita, esta criatura accidentada y llena de vida. Dios mío. No creo en Dios, pero igual digo mucho Dios mío o Por el amor de Cristo.

No sé cuánto tiempo habrá pasado. Somos dos mujeres solas esperando que nos vengan a poner cuellos ortopédicos. Sé quién soy pero no sé quién es ella, entonces mi memoria no está como creía. Del fondo del estómago viene un gusto amargo. Vomito en el volante del auto. Ah, pero qué lindo auto que tengo. Tan nuevo y gris, del mejor tapizado. Con airbag por si acaso, que no se activó, y cenicero, manoplas para invitados, posavasos, reproductor de cd, dvd, mp3, wifi, videos. Evidentemente soy alguien con plata, alguien que gana bien. Entonces alguna medicina privada vendrá a buscarme. El olor a vómito es intenso. Intento discernir el origen del aroma pero no puedo. Otra vez el perro asesino que quiere romper el vidrio para lamernos la sangre. Sanguijuela del horror, si te agarrara te daría un mazazo.

–Paulina. –La quinceañera habla. Repite–: Paulina, Paulina, ¿estamos en el cielo?

No puedo moverme. No sé si estará sentada, acostada, moribunda. Me nombra Paulina. No recuerdo que alguien alguna vez me haya nombrado así.

–Paulina, ¿estás bien? ¿Estamos bien?

Se ríe. Dice lo del cielo y eso le provoca una gracia espeluznante. No puedo responderle. Tengo un hilo de voz lleno de sangre, igual que una tortuga explotada por dentro. Esas tortugas domésticas que caen de los balcones y a las horas mueren porque los órganos se les gangrenaron.

–Paulina. Por favor. Me duele la cabeza.

Me imagino que sí, primor. Nos acabamos de estrellar y no sé bien por qué. Veo luces estalladas a nuestro alrededor, como un escenario, pero todavía nadie vino a buscarnos.

–Paulina, me da miedo moverme.

Pero claro que sí, bomba pequeñita. Es que no puedo responderte porque si hago fuerza me va a explotar

15

una vena en el cerebro. Oigo como la quinceañera se acomoda el vestido de flores. No quiere que nadie le vea el culo. Y está bien, ni siquiera abollada quiere que alguien se empecine con esa parte de su cuerpo. Cada vez puedo moverme menos, pero mi cabeza no para, avanza como una montaña rusa recién estrenada. Sube, baja, hace que los clientes vivan la experiencia de sus vidas aquí arriba, en esta cima, para después bajar a toda velocidad y que el sistema coronario haga lo que pueda con la manía.

–Paulina, voy a salir. Está Gallardo afuera.

¿Gallardo? ¿Qué es ese nombre? ¿El perro? ¿Será el condenado perro? El bicho aprovechador de la mala suerte en la carretera. Ese ejemplar cimarrón mezcla de ovejero alemán con fox terrier. Que alguien lo aniquile ya.

Silencio. Demasiado silencio.

La rama del árbol que puedo ver ahora se desliza de acá para allá. Si el viento creció es que algo lo hace mover. Probablemente el día esté terminando. Oigo como se abre la puerta trasera del auto. Ahora se cierra. Un perro salta de felicidad sobre el cuerpo de una quinceañera de pelo muy largo. No los veo, los escucho, entonces los imagino. Ahora veo oscuro, entre gris y negro. Me aferro al gris, sobre todo porque del color negro en este contexto tengo malos relatos. Podría haberme ido hace rato pero acá sigo. Y el frío. En mi Peugeot con olor a vómito, con una quinceañera sobreviviente sin rasguños. Veo caer un mechón de mi pelo sobre mi pierna derecha. Es finito pero es una cantidad importante. Debe ser estrés postraumático.

Otra vez tengo náuseas. Me apena pero sigo. La cabeza me carcome como un bichito que nadie sabe bien qué es. Un ejemplar regular, entre gris y marrón, con alitas rígidas. Entre grillo, mosca y jején. El insecto no me para de hablar, ¿o acaso seré yo? La quinceañera logra abrir mi puerta y me mira a los ojos. Se larga a llorar desconsolada, tiene la cara hecha una pasta de moco, lágrimas y humedad. La miro, realmente intento mirar para reconocerla, pero es inútil. No tengo la menor idea de quién es esta criatura en crisis de angustia. Trata de sacarme el cinturón de seguridad y entonces descubro que ninguna parte de mi cuerpo responderá.

—¡Paulina!

La desconocida pega un alarido, dice mi nombre, y en un instante mi auto se rodea de hombres y mujeres vestidos de oficina, que tal vez salen de trabajar. Primero un hombre calvo con dientes fuertes, después una mujer de cejas anchas. Me miran con asco y pena. Yo no entiendo por qué nadie hace nada. Sigo enviándole órdenes a mi cerebro, pero es inútil. No responderá. La adolescente conversa con la mujer de las cejas y ya están envueltas en una llamada telefónica de urgencia. El hombre calvo me pregunta cosas a las que no puedo responder. Apenas puedo mover la boca. La espalda me arde, también las tetas. El hombre me mira el escote y aprieta las mandíbulas. Encima eso tengo que tolerar.

1. NO HAY FUTURO

Felipe cierra los ojos porque no quiere verme. Está a punto de acabar, lo sé porque los labios se le arrugan como el ombligo de una naranja. Me agarra fuerte de la nuca y yo le digo que no haga eso, que no me arranque el pelo, por el amor de Cristo. Y se ríe. Felipe me acaba en el estómago.

–Busco una toalla –dice.

Siempre que sale caminando rápido le miro el final de la espalda y el culo. Pienso en estatuas de cuerpos que no sé quiénes son, en parques que a nadie le importan. Vuelve con el toallón que puse limpio esta mañana, ese que tiene la cara de una chica con superpoderes. Me lo pasa por ahí apenas pero es inútil, el aceite de su semen va a quedar adherido por horas. Se recuesta en la cama para normalizar la presión sanguínea y de paso me abraza.

–No quiero acabar adentro. Perdón.

Le respondo que está bien y me imagino un matadero de vacas. Felipe no sabe cómo decirme que no me quiere más, pero coger de vez en cuando nos hace bien. Somos un nudo de pelo espeso que se está desenredando.

–¿Te conté?

Le respondo que no.

–Del vecino del sexto piso, ese que es gigante y tiene un perro pequinés. ¿Sabés quién te digo?

Le respondo que sí.

–Anoche tuvo una ausencia. Le dicen brote psicótico. Estuvo horas y horas hablando con el perro. Después lo bañó. Al rato mezcló bebidas blancas con fernet con coca, cerveza, todo lo que tenía en la heladera, y se tiró rendido en la cama. El perro estaba justo debajo de él y lo aplastó. Vino la guardia canina el jueves pasado y se lo tuvieron que llevar.

Le pregunto si vio algo y me contesta que no.

–Esta mañana apareció con un cachorro nuevo. La misma raza, el mismo color. ¿Sabés qué nombre le puso?

Le respondo que no.

–Futuro.

Felipe se levanta de la cama y se ríe. Yo no le veo la gracia. Mi cuerpo desnudo ya no le provoca nada. Parezco un muñeco de plastilina recién despedazado. Me da un abrazo como de felicitación por una medalla en un campeonato escolar. Sale apurado para no llegar tarde a su partido de fútbol. Oigo que el vecino está hablando con el cachorro otra vez. No está bien quedarse sola con esas voces. Enciendo el televisor. En un concurso intentan cortar una manzana a la mitad, debe ser con exactitud. Ninguno de los concursantes, de capital o provincia, lo logra. La exactitud es un desvarío.

Se me cierran los ojos pero no hago caso. Todavía no me quiero dormir. Acaricio a Gallardo, que esta noche está inquieto, es un vaivén de ladridos que no me molestan. Hay demasiadas ambulancias dando vueltas ahí afuera y eso lo pone en guardia. Salgo al balcón para ver qué puede haber pasado. Gallardo camina conmigo. Es tan grande este perro. Lo quiero tanto, y a la vez lo dejaría atado a un poste en la puerta de un supermercado chino. No lo voy a hacer, pero lo haría. Que Gallardo me mire mientras lo abandono y salte y llore, que despedace su cuello peludo agarrado a esa cadena de poste. Que tenga horas de tristeza ahí hasta que alguien se apiade. Tener una criatura peluda tan grande en un departamento medio vacío no es un asunto global. Pero no, no, no, querido Gallardito, jamás te haría eso. Te voy a seguir sacando a pasear, voy a limpiar tu mierda con bolsitas de plástico, te voy a bañar en la bañera dos veces al mes porque en una peluquería canina me sale carísimo. No permitiré que duermas conmigo porque no soy de esa clase de personas que embadurnan las sábanas con pelusa canina.

Gallardo y yo miramos a través de las rejas del balcón. Ahí abajo, Felipe todavía intenta subirse a su auto pero no lo logra. Lo oigo maldecir. Pobre hombre en el final de sus treintas, todavía es un niño de ocho con anteojos. Aunque me acabe en el estómago y tenga un desapego maligno, sigue siendo una miniatura que no sabe qué hacer cuando no encuentra una llave. Por encima de él o allá adelante, en la esquina de un hospital público, una bicicleta dada vuelta a mitad de la esquina y una chica con casco que apenas mueve las piernas como una cucaracha mal pisada. Está viva, claro que sí, y rodeada de ambulancias. Gallardo ladra porque ve a Felipe, pero Felipe ya encontró la llave de su auto y se dio a la fuga. Ya descargó todo lo que tenía dentro, ahora podrá meter goles o romperse la rodilla en una corrida furtiva hacia el arco. La chica hace eso de mover piernas y brazos y tres monjas salen del hospital católico de la esquina de mi edificio para socorrerla. Sí. Están vestidas de monjas blancas y ayudan a una chica atea. Gallardo sigue ladrando, le pido que se calle. Ahora sí me molesta. Se lo digo de mala manera. Perro ridículo. La chica sube a la silla de ruedas y las tres monjas ondulan sus cofias porque ya llegó el viento del otoño. Estoy sola ahora, mirando la resolución de ese accidente. Se habrá roto algún hueso, mañana tendrá yesos, la visitarán sus parientes o su pareja. Menos mal que usaba casco, pobre cabrita despoblada. Tengo una mirada atenta para los desastres. Me entero de todos, soy público para la imagen que rodean las ambulancias. Siempre estoy ahí, noto los detalles y después los puedo contar.

Ahora Gallardo se hace un bollo en la orilla de la cama. Yo me pongo aloe vera en el bozo para que no se me arrugue. Ya tengo treinta y cinco años, estas son las cosas que tengo que hacer. Hay un momento de la vida en que combatir el pliegue de la cara es la actividad principal de algunas personas.

–Gallardo, ahora te quiero, pero no te voy a querer siempre.

El perro mueve la cola y yo apago la luz. Pienso en Futuro, el cachorro ridículo del vecino que se brota. Los perros duermen, nosotros enloquecemos.

Buenas noches.

2. SENSACIONES DE ABANDONO

Si a las doce y treinta del mediodía no estoy metiéndome comida en la boca me vienen ganas de matar. El horario de almuerzo es consagratorio para mí. A la una y diez, todos los días de semana, llamo a Maite al sector contable y le aviso que la voy a esperar en la puerta. Aprovecho el rayo del mediodía para mirar el mundo desde un cantero. Al rato estamos caminando juntas por avenidas superpobladas preguntándonos quiénes éramos, qué comíamos, por qué estamos acá.

Maite es temerosa. Desde que era muy chica alguien, creo que su madre, la convenció de que si esperaba debajo del cordón para cruzar una calle no tendría otra opción que morir arrollada por cualquier cosa en movimiento que se le acercara. Que la muerte era eso, lo que pasaba una vez que se bajaba ese escalón de cemento. Maite toma un sorbo eterno de limonada con jengibre y alguna otra porquería orgánica de esas que le gustan a ella. Casi siempre se viste con

23

ropa de colores pálidos, lo que da la sensación de que le faltan vitaminas. Tiene la cabeza llena de rulos ínfimos que le arman una trama que, si se mira durante un rato, marea. Tiene treinta y siete años pero nadie le cree, siempre le bajan al menos diez. «¿Por qué querría fingir más edad que la que tengo?», me pregunta casi siempre, y no tengo modo de contestarle. Parece una adolescente afligida. No hay caso. Camina despacio, como si temiera perder el equilibrio un día, sin ningún motivo aparente, fracturarse y quedar inmóvil, sin más.

Me mira fijo, con el gesto de tragedia ancestral que trae impreso en la frente. Hay un rayo de luz empecinado con ella. Algún árbol no tan alto enfrente del local de comidas. No puedo negarlo, esa pequeña luz le sienta bien, pero por supuesto no voy a decírselo. No soportaría esa especie de misericordia rosada que se le rejunta en los pómulos cuando algo la conmueve. Está esperando que yo opine sobre ese hombre que la abandonó.

–Probablemente le hayas dejado de gustar por algo que dijiste. Vos solés hablar mucho. Quizás se le tapó la cabeza igual que el conducto de un inodoro –digo, y me río.

Mi risa crece, de a poco, como un acorde musical. No esperaba tener este sentido del humor a esta hora del mediodía. Pero ahí va. Río cada vez más. Abro la boca, dejo que se vean mis dientes verdes, repletos de brócoli. Escupo apenas la comida y me sigo riendo. Maite me mira. Está seria. Un grupo de cuatro mujeres vestidas muy parecidas a nosotras, en una mesa contigua, también me miran. Sostienen sus tenedores como si fueran bijoux. Detesto llamar la atención, así que vuelvo a estar en un silencio absoluto. Ese silencio que solo yo puedo conquistar. Maite hace un fondo blanco de limonada de jengibre y baja la mirada. Sabe que no daré consejos livianos, que siempre iré en su contra y en la de todos los hombres que traiga como anécdota. Sabe que para mí las personas no resistimos ningún análisis, pero aun así Maite almuerza conmigo a diario. Somos compañeras de trabajo y una gran opción para no estar solas. Una especie de gran oferta semanal. Unas seis cuotas sin intereses de acompañamiento blando. Si no fuera por mi presencia, estos soliloquios se quedarían solamente en su cabeza como un pinball, y eso podría provocarle alguna congestión. Le vengo bien aunque le hago mal, eso que pasa cuando algo se vuelve familiar.

Ahora bebemos Coca-Cola light en silencio. Eructamos. Sonreímos y miramos el movimiento de esos árboles flaquitos y bajos que no tapan el sol del mediodía. Un empleado disfrazado de empleado con gorrita barre el suelo de este restobar. Se lleva en su escobín chapitas, pelos largos, monedas, chicles. Entre toda esa mugre, logro distinguir una libélula muerta. Veo que el insecto ya no se mueve pero con el reflejo del sol le brillan las alas. Le pregunto:

–Disculpá, ¿te molesta si la agarro?

El empleado de veintipocos me mira sorprendido y me responde que no. Maite tiene vergüenza de mí. Lo sé.

–No seas asquerosa. Eso está muerto –me dice.

Evidentemente no me importa. Agarro el insecto liquidado pero que aún tiene tornasol en las alas y lo pongo en la mesa, al lado del plato de los restos de brócoli orgánico. Maite está a punto de gritar, todo lo muerto la pone así. Lo sé porque le tiemblan los labios. Otra vez no, por el amor de Cristo, que no grite. Me gusta decir así, Cristo, Cristo, aunque haya pisado una iglesia solo una vez.

Mi colegio llevó adelante una misa en la iglesia del barrio cuando yo tenía ocho años. El motivo fue Pamela, mi compañera de banco, la del pelo de seda: la chica que murió en un accidente automovilístico con toda su familia a bordo. En esa iglesia me obsesioné con la escultura del hombre huesudo que colgaba de la pared. Qué lindo que era y cuán torturado estaba. La belleza y el padecer podían ser algo sagrado. Tenían que ser.

Me pregunté, también, qué estaría haciendo Pamela en el momento del impacto. Una nena de ocho sabiendo que eso que venía hacia ella la podía destrozar. Unos faroles enceguecedores en el medio de una ruta bonaerense. El fin de Pamela fue lo único que me metió dentro del templo católico. El amor de Cristo, el amor de Cristo.

Maite mira el insecto muerto sobre la mesa y se larga a llorar. Yo no puedo creer que otra vez tenga tantas ganas de llorar. Es una especie de multinacional del dolor. Llora y habla lo poco que le permite la saliva, la lágrima, el moco:

–Quizás simplemente esté ocupado –me dice–. Trabaja como visitador médico y lleva muchas cajas de remedio por día. Tiene un auto gris y mete todo en el portaequipaje. Nos vimos cinco veces, cinco veces es bastante, ¿o no? ¿Cuántas horas caben en cinco veces? Y llegó a decirme que yo le gustaba mucho.

—Repite «Mucho»—. Estaba un poco ebrio de vodka pero lo dijo, juro que se lo oí decir. Dormimos abrazados la última vez que lo vi y nos levantamos temprano porque llegó Susana, la mujer que trabaja en su casa. Cuando quise ir al baño, Susana estaba repasando los azulejos y me dijo «Permiso, señora» como si yo estuviera estorbando su práctica tan meticulosa. Cuando salí me di cuenta de que me tenía que ir. Él y Susana ya estaban ocupados en sus cosas y yo lo único que hacía era calcular cuánto podría cambiar ese escenario conmigo dentro o conmigo fuera. Él no me preparó el desayuno. Solo me miró fijo y giró la cabeza. Eso quizás fue un indicio. Quizás le dio miedo la cotidianeidad. Se dio cuenta de que yo le gustaba mucho y no supo qué hacer. ¿No creés que puede haber pasado eso? ¿De verdad no pensás que tal vez vio toda una vida llena de buenos momentos y se paralizó?

Le respondo que eso no tiene ningún sentido y me como el último bocado. La libélula muerta me está mirando a los ojos, tiene cara de eternidad. Maite vuelve a largar el llanto agudo sobre el plato de comida. Le sugiero que se ponga una servilleta en los ojos porque si no mojará el pan de zanahoria. Maite tensa la cara y me dice en voz baja:

—Me quedan tres años, tres, tres putos años para encontrar a alguien. No me voy a embarazar nunca más.

Porque no es solo que te quieran, es también que quieran perpetuar.

Le pido que no se altere tanto y que no coquetee con la locura porque es algo que está muy al alcance. Me vuelvo a reír. Maite me mira espantada y pide permiso para ir al baño. Me quedo sola otra vez. Este mundo es tan hondo y tan un disparate que nada hace real sentido. Pienso en el músico argentino que se arrojó por el piso nueve de un hotel en Mendoza a una pileta de natación. Voló unos cuantos metros y cayó en el agua, como una hoja liviana y sin importancia. Un reguero de periodistas lo esperaba para preguntarle cosas constitutivas y él respondía literalidades: «¿Qué sentiste al caer?», «No, vacío y después el agua mojada». A los pies de ese hombre recién caído lloraría yo, intentando formular una pregunta que estuviera al alcance. Lloraría por verle la cara a alguien que ha perdido el miedo para siempre, no como Maite, que lamenta su útero en silencio y nada más. Pienso en esa entrevista televisiva del músico con la conductora del prime time, allá por el año 2000, cuando ella le dice: «¡Casi nos matás de un síncope por lo de la ventana!», y él sonríe y le responde: «No fue una ventana, fue un balcón. La ventana da ciudad desnuda, el balcón invita a la reflexión. Y yo pensé».

3. PELÍCULAS DE GENTE DESNUDA

Dos norteamericanas trigueñas escriben en sus diarios íntimos. Una, en un cuarto empapelado con flores rosadas, y la otra, encerrada en un baño lujoso de loza blanca. Es una mansión de símil madera con un hogar de leña, encendido desde temprano en la mañana. Las hermanas no se parecen entre sí, tendré que hacer un esfuerzo para creerme el falso parentesco. Es el título del video el que da la pista de que el vínculo entre ellas es ese, pero qué poco esmero para el casting.

Emily lleva shorts de jean y una remera de los Chicago Cubs. Está recostada boca abajo y su pantaloncito deja ver un cuerpo ideal de la cintura en adelante. Alguien puso maquillaje en esas piernas. Emily escribe y moja la punta del lápiz con la lengua. Está contrariada. Yo no entiendo inglés pero por su gesto de actriz principiante de pueblo del norte logro ver una mezcla de tristeza, ardor y agitación. Es Charlotte la que está en el baño y también está escribiendo, evidentemente comparten el hobby de la birome y la hoja. Pero muy rápidamente Charlotte se aburre y abandona. Charlotte parece la hermana mayor y en la cara le pasa algo muy parecido al aburrimiento. Estas dos chicas no están del todo bien, aunque sus cuerpos esculturales quieran rugir lo contrario. Charlotte tiene un buzo de los Boston Red Sox y se lo saca porque le agarra un golpe de calor de tanto pensar. Todavía no se entiende en qué, aunque me puedo imaginar algunas asociaciones libres en ese campo de pensamiento. Esto de no entender el idioma le agrega un misterio personal, algo que me pasa solamente a mí mientras miro la construcción de esta simple trama. Dos hermanas apenadas, semidesnudas y encerradas en cuartos linderos de una mansión en un bosque norteamericano. Acto seguido, Charlotte no contiene lo que siente y mientras las tetas le bailan alrededor de los brazos le golpea la puerta a la hermana, que está entregada a la escritura con una fe ciega. Ella sí, qué envidia. Emily podría bien encontrar el goce ahí, en las palabras que le salen solas en el cuadernito que le dieron los de producción de este angelado rodaje, pero no. Charlotte entra a la habitación y le dice algo. Emily se queda perpleja ante semejante declaración que me perdí porque no entendí el idioma pegoteado, y entonces ya me voy metiendo la mano en el pantalón. Entre el cierre y la bombacha mis dedos se hacen un lugar cómodo. Felipe está jugando al fútbol por cuarta vez en la semana, sospecho que demorará en llegar. Y Emily abre la boca como el pico de una madre pájaro para alimentar a sus bichos y Charlotte responde a

30

esa apertura. De un momento a otro, las hermanas adineradas fanáticas del béisbol están debatiéndose las lenguas en una gimnasia muy veloz. Se chupan la cara, el pelo, las tetas, los estómagos, las piernas, las vaginas. Todo se relamen, y ahí debajo sigue encendida la leña con una fuerza peligrosa, capaz de devorar la mansión en veinte minutos; el tiempo que les llevaría a las hermanas recostarse y entender que acaban de consumar un delito tan tonto. Acabo rápido, el cuerpo me late, digo «Ahh» y me tapo la boca enseguida para que el placer no le llegue al vecino que duerme encima de sus mascotas. Me quedo recostada un rato. Miro como Emily y Charlotte desarman el romance y se ponen a jugar a algo parecido al Sega o al Family, intentando esquivar bolas de fuego que escupen dragones verdes. Oigo la llave en la puerta pero no me avergüenzo. No voy a mentir: disfruto mucho más las tramas inventadas y los cuerpos que están lejos que lo que pasa en la verdadera intimidad, en mi propio domicilio, con mis brazos y mis piernas en acción. Los videos son un imán candente y naranja. Lindo de mirar. Tengo siete páginas web favoritas. A veces visito nuevas porque lo necesito. Me parece bien poder ver caras renovadas, pensar que esas chicas y chicos están realmente ahí. Mis tramas favoritas son las que incluyen a mujeres norteamericanas, por ejemplo, con esas caras tan parecidas entre sí, pero también me atraen las africanas, negras como boxeadoras campeonas pero agotadas. Me gusta cómo les brilla la piel en el durante, mientras se dan placer. Busco videos que contengan historias, si no no logro lubricar. Un breve relato que dé lugar al desnudo. Una niñera que necesita trabajar para pagar sus estudios, un hijo veinteañero seducido por su madrastra en una estancia repleta de caballos, una mujer policía en el bosque, una exprofesional milf que se dedica a ser taxista después de haber perdido su trabajo como abogada y por las noches busca mujeres solas del barrio para enamorarlas con la lengua, un colectivo de línea que avanza por calles de Moscú con parejas que viajan desnudas.

Felipe está parado en la puerta de la habitación. Me mira con lástima. Esta mirada en la cara de él ocurre tres veces por semana. Tiene las piernas embarradas y el pelo mojado de transpiración. Una lastimadura brillante en la punta de la rodilla, ahí donde Felipe tiene debilidad, y la camiseta del club Ferro Carril Oeste. Yo todavía tengo la mano dentro del pantalón, y en la pantalla de la computadora se pueden oír gemidos de un grupo de adolescentes en una despedida de soltero en Irlanda.

—¿Estás bien?

Le respondo que sí y lo invito a acostarse conmigo en la cama. Jamás le confesaré que mis historias favoritas incluyen incesto, diferencia de edad, personas a la deriva.

—Me voy a bañar. No uses la computadora encima del estómago sin una almohada. Te van los rayos directamente al cuerpo. Te puede dar cáncer.

No le respondo nada.

Felipe es una especie en peligro que solamente puede usar todas sus fuerzas para gritar goles. Pobre hombre, casi entrando en los cuarenta, tan cercano a la blancura y a la cana. Realmente detesto que respire este departamento, pero también lo necesito. Eso que pasa cuando algo se vuelve familiar.

Gallardo me mira desde la puerta del baño, repartido entre Felipe y yo. No se decide por ninguno de los dos. Somos sus dueños y estamos desnudos, mojados y muy lejos.

Felipe, ¿qué fue lo que nos puso repulsión en el cuerpo? ¿Por qué pudimos hacer algo por el otro? ¿Cuándo dejamos de poder? ¿Cómo podría ubicar el momento preciso en que empezaste a desprenderte del todo? ¿Hay alguien ahí? Pero me quedo callada porque yo no digo. El silencio es mi compañerito de banco.

4. NUESTRA PRIMERA CONQUISTA

Eran las diez de la noche y caminé por una calle oscura. Era invierno y andaba encorvada, como si pudiera hibernar en plena caminata. Estaba nerviosa, no voy a mentir. Me gustaría negar cualquier tipo de animosidad hacia la cita pero lo cierto es que tenía los dedos fríos como un país. No podía relajarme. Además, me arreglé para salir. Peiné como pude el poco pelo que tengo y me pinté los labios de rojo como si ese cúmulo de carmín pudiera resaltar algo de juventud. Felipe me invitó a un bar céntrico, de esos luminosos y amarillos que ocupan la misma esquina hace setenta años. Le dije que sí.

La primera vez que nos vimos fue de casualidad, haciendo una fila miserable en la caja de un supermercado chino. Era de mañana y yo tenía los ojos pegados. Felipe estaba parado detrás de mí y tocaba los paquetes de papas fritas que colgaban de la góndola que estaba más cerca de mi cuerpo. Me pidió permiso. Se lo di. Nos miramos. Algo de su permanencia en la misma góndola me hizo detestarlo y, a la vez, quería saber cómo resolvía el enigma de los snacks. Estaba indeciso. Volvimos a cruzar miradas y me habló. Me preguntó cuál de todas las especialidades de papas con sabores me gustaba más. Asado, cebolla caramelizada, jamón y queso, pancho con mostaza, sales del Himalaya, rústicas con cheddar, sureñas, norteñas, hispanoamericanas. No esperaba una pregunta así un sábado a las diez y media de la mañana. Tenía puesta la parte de arriba de mi pijama, esa remera con una inscripción que juraba que yo era 100 % sexy y un jean. Miré los paquetes de papas fritas y también me perdí ahí. Le pregunté para qué contexto necesitaba las papas y nos tomamos unos minutos para pensar en conjunto. Hicimos una curaduría de saborizantes de papas alegando pros y contras mientras dejábamos pasar al resto para que pagaran y siguieran con sus vidas. Felipe terminó eligiendo las que tenían sabor a asado, sin prestarle demasiada atención a mi manifiesto sobre el sinsentido de lo hispano en una papa frita. Acordamos que probablemente serían repulsivas. Antes de salir expulsado a la calle, a través del pasillo de la verdulería, me pidió mi teléfono. Pensé que me estaba gastando una broma. ¿Ese hombre podía estar interesado en la chica con la inscripción 100 % sexy? ¿Acaso bajaría del pedestal de los afortunados para pasar un rato a solas conmigo? Tal vez sí. Todo está bastante vinculado con el acierto en la estética, el cabello, el pantalón, la remera que hayas elegido ese día. Tal vez ese conjunto de elementos fue exitoso esa mañana, entonces le di ternura o curiosidad. Él tenía la barba crecida, el pelo sucio, mal olor en la boca, pero aun así no había forma de que eso no armara un conjunto divino. Porque Felipe es hombre, y el hombre aun en su degradación sigue siendo algo imponente en la góndola de papas fritas de un supermercado. Mi cuerpo necesita refuerzo, el masculino jamás.

Cuando entré al bar esa noche, no tardé en encontrarlo. Estaba sentado a una de las mesas más cercanas a la puerta de calle. Conversaba con el mozo, que le sonreía con una soltura llamativa. A Felipe le gustaba eso de involucrarse con los ajenos, esas personas que no volvería a ver. Preguntarles por sus días, sus oficios, sus aciertos en la vida. Le gustaba darles coraje como un chamán, como alguien que viene del más allá para decir una frase hecha. Me senté a la mesa y el mozo se retiró mientras repetía «señora». No le contesté, al contrario, armé un pico de odio con los labios. Un gesto mío muy frecuente. Felipe sonrió. Me dijo que le gustaba mi maldad. ¿Maldad?

Esa fue la primera cosa que le gustó de mí.

Me contó intimidades del mozo, que ya estaba trayéndonos una cerveza. Las olvidé al instante. Felipe tenía buenos dientes y una camisa con caballos corriendo en direcciones opuestas con la crin al viento. Dijo: «Qué linda que estás», y le respondí que eso es lo que se dice siempre y que agradecería un esfuerzo. Volvió a reír como un hombre de treinta y pico. Mi sinceridad lo ponía en estado de borrachera adolescente, una cumbia de hormonas. Comimos algo con huevo duro y pedimos un postre que rebalsaba de dulce de leche. Felipe es de los que no resisten el azúcar y se empalagan al instante. Al rato nos pusimos los abrigos para salir a la calle. El mozo abrazó a Felipe como si ese pequeño vínculo que trazaron antes de que yo llegara fuera algo que pudiera cambiarle la vida. Me miré en el espejo. Otra vez una trampa haciendo un dibujito en la superficie de mi cara. Anulé la imagen. Ya basta. Espejo de cuerpo entero. Espejo de tiempo completo.

Caminamos por una calle vacía. Felipe me ofreció su abrigo. Le respondí que eso también era algo que se hacía mucho, prestar prendas para que la dama se sintiera segura. No me respondió, ya no le dio tanta gracia. Caminamos en silencio, cruzamos tres semáforos. Encendió un cigarrillo y me convidó. Tabaco de vainilla. Felipe me agarró del brazo y yo hice caso. Me besó. Ya estaba dentro de él, de algún modo. Su saliva era como un postre sin sabor. Entre espeso, líquido y con un dejo muy pálido de vainilla del cigarrillo. Me sumergí en su lengua porque me pareció bien y tenía frío. Felipe era enorme, me llevaba tres cabezas, el esfuerzo que estaba haciendo por el babeo conmigo era digno de nominaciones. Pasó un grupo de adolescentes y nos sacó una foto mientras cruzábamos las lenguas, yo los vi, no dije nada. Estaba cómoda ahí dentro. De algún modo era como conocer la antesala de su casa. Me tocó el culo con una mano y me metió la otra debajo de la remera, ahí donde tengo el tatuaje de una banda de hard rock. Le pregunté si podíamos ir a la casa y se sorprendió, esperaba proponerlo él. Ay, Felipe, tan de otra época pero también de esta.

Nos tomamos el colectivo 92 y viajamos en silencio. Estábamos encendidos y no queríamos babosearnos delante de aquella señora en el asiento individual que evidentemente había estado llorando. Felipe me volvió a tocar el culo y sonrió. Yo le pegué con la palma de la mano. Una vez en su casa me ofreció té, le dije que no. Al rato ya tenía su pija en mi boca, entrando y saliendo, como una obra en construcción. Felipe estaba sorprendido. «No suele pasar esto en el primer encuentro.» No sé qué quería que le respondiera. Sonreí con gesto apático, el único que realmente me reconozco, y seguí caminando en esa pelvis peluda y rubia.

Después él hizo lo mismo y me dijo que yo estaba rica como una fruta de estación. Al rato encendió la tele y vimos los Juegos Olímpicos del 2007. Felipe me abrazaba. Una bielorrusa se convertía en campeona de salto en largo y nosotros no podíamos creer la perfección de esas piernas envueltas en medias blancas, confeccionadas seguramente en ese norte nevado. «¿Conocés la nieve?», me preguntó, y le respondí que no. Al rato volvimos a desnudarnos y a mojarnos el cuerpo con la saliva de uno, del otro. La televisión encendida en un campeonato de canoas. Su perro Gallardo me pareció agradable, nos miraba desde la punta de la cama y cada tanto ladraba o gruñía. «No entiende si te estoy lastimando», me decía Felipe.

Yo tampoco lo entendía.

Al rato dormíamos abrazados como si nos conociéramos desde hacía muchos años. La intimidad tiene eso: en cuestión de segundos vuelve cierto algo que es totalmente falso. Un cuerpo tendido sobre el otro, como la ropa colgada después de un lavado. Se mece, se junta, se apoltrona, y al día siguiente se levanta como si no existiera tal cosa. Al mes estábamos viviendo juntos porque a Felipe le convenía para no pagar alquiler. Yo tenía lugar de sobra en el departamento que me había comprado mi mamá ni bien terminé la escuela secundaria. Trajo a su perro Gallardo consigo y me pareció bien. Era cachorro y no hacía ruido. No los invité a vivir conmigo, simplemente sucedió. En esa farsa del abrazo desnudo y la intimidad, en ese hacer de cuenta que éramos un conjunto que podía traspasar las barreras del tiempo para tener hijos, hijas, viajar a lugares, enfermarse, curarse, prometerse cosas. La mentira del núcleo duro, la mentira de la comunidad. Felipe ya era un cepillo de dientes, un bollo de ropa, de pares de zapatos, una conversación en cada cena, una película compartida en algún canal de aire, un asesino de mosquitos estacionados en las paredes. Felipe era mi novio, yo era su novia, vivíamos en el mismo domicilio. Sospecho que esa reunión de elementos quería decir que nos habíamos enamorado, que tal vez eso que hacíamos era vivir el romance de nuestras vidas y que todo lo que viniera después sería ridículo.

5.

Logro llevarme la mano a la nuca y toco un líquido caliente. Cuando regreso el dedo a los ojos veo que es entre morado y negro. Tiene gelatinas redondas que parecen coágulos de menstruación. El vecindario me sigue mirando con terror ahí fuera del auto. El vidrio estrellado no les permite una vista privilegiada, pero apenas un poco de sangre ajena ya les alcanza para emocionarse, sacar fotos y subirlas a las redes sociales, abrazarse, pensar en la finitud de la vida, en los accidentes viales, en que no somos nada. La chica de quince sigue pegando alaridos mientras el perro le muerde las piernas finitas. Que alguien la calle, por favor. Manipula teléfonos que le prestan aunque le insisten en que no se quede parada, que tampoco se acueste, que se siente, que la herida de la cabeza podría ser de gravedad. La chica apenas responde. Ella y yo somos una urgencia y el resto de la gente nos mira admirada. Todos y todas pensando en ese curso de primeros auxilios que podrían haber tomado pero siempre postergaron.

La nuca ahora me chorrea o me parece que me chorrea, no lo sé, no estoy segura.

Hay demasiado líquido ahí. Una mujer de sesenta me muestra la mano a través del vidrio y me pregunta que cuántos dedos tiene. Apenas la puedo ver, no sé qué cara tendrá. ¿Cuántos, cuántos?, repite. Me causa gracia. ¿Por qué debería decirle cuántos dedos tiene? Es un problema de ella. Que lo resuelva en otro lado.

La sangre roja, la sangre roja, la sangre roja me hace pensar en esto:

Estoy en el living del departamento de provincia y tengo doce años. Almorzamos con mi familia tipo. Lidia, mi madre, fuma tabaco negro mientras se lleva una papa rústica a la boca, y Antonio, mi padre, mira el plato como si ahí dentro se estuviera definiendo el momento culminante de una telenovela o una película demasiado taquillera. El menú es clásico. Milanesas de merluza al horno con papas con cáscara. La rusticidad es el fuerte de nuestro alimento, no por coquetería, sino por pereza. Lidia no quiere pelar papas, Antonio tampoco. La alimentación indispensable para evitar un ataque de hipotensión. El departamento de dos ambientes tiene las persianas bajas ya. A Lidia no le gusta que puedan vernos desde el edificio de enfrente. Es común que no hablemos en las comidas. ¿Quién necesita hablar?, dice Lidia mientras se empapa la boca con un trago de juguito en polvo. ¿Quién necesita decir cosas si estamos acá para comer? Comer es lo contrario de hablar, pero por favor.

El humo de su tabaco se mezcla con lo que como

y es imposible no toser, entonces toso. El televisor siempre está encendido, porque el diálogo no es nuestro sino del canal de aire, donde un chico de más de siete años intenta armar un cubo de Rubik en un minuto. Me toco la vagina porque me está empezando a picar otra vez. Lo siento mucho, no debería hacerlo en la mesa pero lo hago. Me rasco y siento un alivio que dura segundos, ni siquiera un minuto. No llego a contar un minuto en ese alivio minúsculo. Abandono y sigo comiendo. Antonio es un avestruz con el cuello vencido, mira su plato con tanta atención que bien podría hacer un manifiesto de lo que ve. Antonio y Lidia son una pareja ideal, tan el uno para el otro, tan abstraídos entre sí como para evitar cualquier conflicto que los desenlace. La mejor receta para el matrimonio duradero: el desapego.

Me vuelvo a tocar el comienzo de la vagina y encuentro mis pelos. Todavía a esa edad tengo un poco de pudor, pero lo cuento:

–Mamá, ¿sabés que tengo el pelo colorado acá abajo?

Lidia me mira sorprendida, no termina de entender del todo.

–¿Qué decís, Paulina? ¿Abajo de dónde?

–Me crece pelo rojo y bordó en el pubis. ¿Es normal?

Lidia se ríe y deja caer un pedazo de carne masticado que hace un caminito veloz sobre el mantel de la mesa. Antonio sigue con el cuello caído. Estar absorto es su triunfo. Querido papá, el campeón de las causas perdidas.

–Es rojo y brilla con la luz, un poco tornasol. ¿Es normal?

–No es para nada normal, Paulina. A ver, mostrame.

El chico de siete del canal de aire no logró armar el cubo de Rubik a tiempo. Llora desconsolado en los brazos de su madre, que pide disculpas a cámara. «Lo que pasa es que él es sensible, le sale fácil llorar porque tiene el conducto de la nariz más pequeño que el común denominador de los niños. Bueno, eso nos dice el pediatra.»

–No te voy a mostrar acá, mamá. Vayamos al baño.

Lidia se levanta de la silla y acepta. Con un gesto de manos me pide que la siga. Antonio va a morir pronto de una crisis cervical. Mirar tanto para abajo puede ser mortífero.

Abro la puerta del baño y me río. No puedo creer que hayamos llegado hasta acá.

–A ver, mostrame, Paulina.

–¿Ahora?

–Sí, no tengo todo el día.

Lidia me baja el jean sosteniendo un cigarrillo negro entre el dedo índice y el pulgar mientras dice *a ver*.

–Ay, no.

–¿Qué? –le respondo.

–No, no, no.

En efecto, tengo el pelo colorado ahí abajo. No soy una hechicera, tampoco un enano de jardín. Solamente tengo una pigmentación distinta. Lidia se ríe a las carcajadas mientras se corrige el flequillo fino en el espejo del botiquín.

–Sos tan rara, hija. Tan de otras personas sos.

Me subo el pantalón y la miro reír. Me gusta verla pícara, pero no quiero ser jamás el motivo de su felicidad.

–Deberíamos ver a un médico –dice–. Una pigmentación equivocada puede ser, muchas veces, un riesgo mortal.

Le respondo que está bien y miro para abajo. Yo también puedo desaparecer completamente. El chiste de la pigmentación ahora no me parece especial.

Mi pubis rojo, mi confianza roja, mi peluquín, mi bisoñé, mi futura intimidad.

6. PASTA DE ENTRENADORA

Hace quince minutos que estoy haciendo fotocopias. Son más de las nueve de la mañana y tengo la cara carcomida de lagañas. No me las voy a sacar. Dormí profundo. Anoche Felipe terminó de llevarse su ropa y sus botines. Se fumó dos cigarrillos al hilo sentado en el borde del balcón. Llevó sus camperas entre los brazos, como si fueran damas desmayadas. Me dejó al perro. Prometió llevárselo la semana siguiente. Antes de cerrar la puerta me miró con intenciones de decir algo trascendente, pero solo se agachó para abrazar a Gallardo. Montó en su auto azul estacionado en la esquina del hospital católico y manejó hacia la casa de su madre y su padre de más de sesenta.

No volvimos a hablar desde entonces.

Lo imagino mirando fútbol en la mesa de la cocina, al lado del perro de raza tamaño familiar. Su madre comiendo sano y apenas para no entregarse al engorde y el padre fumando cigarrillo industrial para dañarse un poco más el corazón. Felipe con el ceño quieto, el torso tatuado y el cuerpo relajado como un negador permanente.

Maite me trae una taza de café humeante y le agradezco. Pobrecita, tan humana y tan sumergida en la tristeza y el abandono. Me habla de una serie que vio anoche en la televisión. Hago como que la escucho. Me faltan tres juegos de cincuenta páginas de Excel. Sacar fotocopias en invierno tiene un lado bueno: el calor que irradia la máquina monumental.

–La serie me gustó porque al final él se enamora de ella, y ella pensaba que se iba a quedar sola para siempre.

No le respondo. Maite es un casete con cinta enredada. Un disco rayado. Para ella el único estado de bienestar es el amor correspondido.

–Terminan yendo a comprar pan a una panadería del barrio que abre a las cinco de la mañana. Ella lleva el perro con la correa y él elige unos panes saborizados.

Después hay una elipsis y ella aparece boca arriba, embarazada, y él le sostiene el torso sentado en un mantel en el pasto. Hacen un pícnic y sonríen. Los dos tienen los anteojos puestos.

–Qué bueno. No me interesa.

–¿Te puedo contar algo?

Le respondo que sí mientras sorbo café. Intento que mi cuerpo se despierte del todo.

–Otra vez volvió a no llamar. Yo creo que tengo una maldición. La cola del diablo entre los dientes, la luz mala, el bomberito debajo de la cama. No puede ser que siempre me pase lo mismo. Cuando estoy con un hombre pareciera que estamos enamorados, pero después, cuando nos separamos, desaparece. No vuelve nunca más. Ya sé que existe el miedo al compromiso, pero no es posible que me pase lo mismo hace diez años. La relación más duradera que tuve fue con Benjamín, que tenía sesenta años y tres hijos adolescentes con mochilas carrito. Yo creo que nací para vivir y morir sola.

Le respondo que seguro que es así.

–Te odio con toda mi alma, pero un poco me gusta tu maldad, Paulina. Hacés la diferencia –me dice Maite, resignada y con los ojos ya mojados.

Le digo que esa no es mi maldad, que es una especie de extrema conciencia. Que muchas personas confunden realismo con pesimismo. Que los pesimistas se arrugan más rápido pero están preparados para el fin del mundo con respeto y musculatura.

–Siempre estás sola, Maite, eso nunca va a cambiar. Incluso cuando estás con alguien estás sola. Esa persona no siempre escucha lo que decís, en el fondo no le importa lo que hagas, lo que pienses, lo que digas. Existe la farsa de agarrarse de las manos, de intercambiar saliva, de chuparse el cuerpo, pero eso se termina. Estar sola es un estado natural y nadie va a quitarte eso, solamente te va a despejar de esa verdad, pero esa es la única verdad. Estamos solas, siempre, siempre. Como esa canción que dice: «Se ha lanzado una llamada al espacio exterior y nadie ha respondido todavíaaa». La canto apenas, lo que me

47

permite mi garganta cansada. Todavía tengo tanto pero tanto sueño.

—Ahora no me gusta tu maldad —repite Maite.

Termino mi juego de fotocopias y las uno, una por una, con la engrapadora. Me gusta el ruido que hacen las hojas cuando las atraviesa el filo. ¡Tuc!

—Vos tampoco querés un compañero. Vos querés que te embaracen. Querés un hijo para enseñarle cosas que solamente vos consideres importantes, para emocionarte en algunos horarios del día, en fiestas patrias, o incluso para hacer una reevaluación de la genética familiar. Y está mal. Pero está bien.

Maite y yo nos quedamos en silencio. Maite interrumpe.

—Igualmente hoy lo voy a llamar de nuevo. Quizás necesita saber que estoy disponible. Quizás piensa que no quiero nada serio porque la última vez no me quedé a dormir y no di explicaciones.

Vuelvo a no responder. Me apena tanto que Maite haya dejado de atesorarse. Termino las quinientas fotocopias que me pidieron de legales y vuelvo a mi escritorio. No haré más que mirar la pantalla durante tres horas seguidas para cumplir con el horario y poder afirmar, con total libertad, que este es mi trabajo full time en Microcentro, de ocho a dieciocho. Me calzo los anteojos para no dañarme los ojos y para esconderme un poco también. Eso nunca viene mal. Busco las herramientas del sistema Windows y entro a configuración. Busco fondos de pantalla. Hay miles, se renuevan cada año. Paisajes saturados. Animales exóticos. Familias tipo acostadas en colinas de pasto. Voy eligiendo una por una, las intercambio. Evalúo cuál queda mejor. Todas quedan igual. No tienen ninguna importancia. A absolutamente nadie le importa que estén o que no estén. Que existan. Que apenas ilustren.

Maite está ida, ya la conozco, ya puedo darme cuenta. Algo la atrapó y no la quiere soltar, como esos perros gigantes que toman a otros más débiles del cuello y los hacen girar hasta cansarlos. Quiero a Maite, no sé cómo decírselo, pero le veo pasta de sana compañía. Quisiera ser su entrenadora en esto de la libertad aunque yo tampoco sepa tanto.

La oficina es un departamento frío y gris perla en una esquina que nadie recordará jamás. Aquí dentro nadie dice del todo la verdad. Ahí afuera un comprador de muebles usados grita en un altoparlante mientras avanza en su camioneta. «Vendo todo, compro todo, permuto todo.» Pareciera que todo le da lo mismo a este hombre. Heladeras, sillones, camas. Vender, comprar, vender. Pienso en Maite y no me siento superior.

Me acerco a su escritorio y le regalo un chocolate que me compré esta mañana. Me mira sin entender del todo. ¿Por qué yo haría eso? Me mira como pidiendo explicaciones y no le digo nada. Abre el paquete en un instante y muerde la pasta de banana que envuelve el chocolate en barra. Me sonríe con los dientes manchados. Vuelvo a mi escritorio, a la pantalla de mi computadora. Ahí está: la familia tipo jugando en la arena. Dibujo algo sobre una hoja A4. No es nada en concreto. Cubos que se van uniendo entre sí, como un pensamiento sin salida. Estamos sumergidas en el mismo mar de necesidades. Ser individuales no es algo que nos haya sido dado.

7. ¡DIOSA MONUMENTAL!

«Lo único que sabemos es que los chicos nacen», repite una y otra vez una anciana que viaja conmigo en el ferrocarril San Martín. Está envuelta en dos sacos de lana y mira por la ventanilla del vehículo. También agacha la cabeza y mira el suelo, se pisa un pie con el otro, sucesivamente, como montando a un caballito de la ansiedad. Después ya no dice más nada. Llegaron los primeros fríos. Bajo en la estación y camino algunas cuadras, rodeada de edificios. Las grandes ciudades tienen ese lado bueno: la arquitectura es contención. No estoy acostumbrada a estar callada todo el tiempo, pero si hay departamentos por todas partes, el daño es menor. Bienvenida, esto es la soledad. Una es más una que nunca. Una ducha constante, desnuda y en silencio.

Mi Peugeot 307 está en el mecánico hace más de una semana por los amortiguadores. También decidí cambiar las pastillas de freno y los focos delanteros. Hacía un ruido insoportable cada vez que ponía tercera y parecía que estaba a punto de fallecer. Un hombre engrasado me recibe con un beso en la mejilla. Me deja una costra negra entre la oreja y el labio. Intento arrastrarla hasta el fin de mi cara pero empeoro el panorama y el hombre se ríe de mí. Parezco Rambo. Me miro a un espejo que hay ahí, lleno de mugre también. Me doy cuenta de que hace días que no me miro, que no puedo mirarme. Pienso en Felipe nadando desnudo en la pileta de cinco metros de la casa de su madre y su padre, en Felipe secándose con una toalla de anime, en Felipe tomando Coca-Cola light, en Felipe leyendo el diario de los poderosos, en Felipe convertido en una falla mecánica que se percibe como un ruido molesto. No me gusta lo que veo cuando me veo. Estoy más flaca que de costumbre y tengo la piel cansada, entre gris y negra, como si una enfermedad no diagnosticada y un remedio que no existe.

—Son mil quinientos pesos —me dice el hombre que todavía se ríe de mi cara. Mientras busco los billetes, me increpa—. ¿Usted sabe que habla sola?

Apenas lo oigo. Le respondo que me disculpe, que estoy ocupada reuniendo billetes de cien. Que me deje contar.

—La vez pasada dijo algo sobre un hombre que la había abandonado.

—¿Un abandono? —le respondo—. Qué raro.

—Sí, un hombre que la abandonó. Así dijo, pero no dio mucha más información. ¿No se acuerda? A mí no me pareció bien porque yo creo que nadie abandona a nadie. Los novios y las novias se terminan. Una cosa es un final y otra muy distinta es un desamparo. ¿No le parece?

No le hago demasiado caso. La verdad es que no me apropiaré de su exceso. No entiendo de dónde sacó que hablo sola, pero esta vez lo dejaré pasar. Sigo contando los billetes, pero no me alcanza el efectivo. Le pregunto si le puedo pagar con tarjeta de crédito porque todavía no cobré el aguinaldo y en tiempo presente, el dinero no está.

—Nos complica un poco, señora —me contesta.

El hombre me mira y sigue sonriendo. Lo miro con furia. El empecinamiento por nombrarme señora es un maltrato sutil que me quiere dedicar. Un jovencito camina detrás de él, viene hacia nosotros. Tiene el pelo envuelto en una mata de grasa, como si hubiera corrido debajo de una tormenta, y una mirada muy verde. También se me queda mirando de reojo y me sonríe. Es como si los dos supieran algo de mí que yo no sé, y esta sensación podría prolongarse una tarde entera. Les digo que lo lamento, pero que no llegaré con el efectivo. Ninguno me contesta. Detrás de la cabeza del jovencito hay un calendario del 98, con la cifra en tamaño grande y en color rojo. El calendario tiene impresa la foto de una chica semidesnuda, en bombacha y camiseta de River Plate. Mira a cámara y exagera su curvatura, sosteniendo una pelota de fútbol cinco. Al costado de la fotografía, una inscripción inmensa dice: «¡Diosa monumental! Sudamérica a sus pies».

—Nos complica un poco, señora —insiste el hombre. Pareciera que traer un conflicto mínimo a su día de semana un poco le divierte.

Ahora el jovencito se para al lado del mecánico mayor. Los dos me miran a los ojos, con algo de superioridad difícil de codificar. No termino de entender cómo se desenvolverá esta situación. Si debería hacer un comentario inteligente. Ellos dos ahí, yo enfrente con el odio en los maxilares, la anécdota de mi relato olvidado sobre el abandono y la fotografía allá al fondo del cuerpo casi desnudo de la chica de menos de veinte años, en ese póster.

Estamos los tres en silencio como en un duelo conceptual. Sí hay algo seguro: mi auto con la trompa hacia la pared ya está arreglado y listo para salir a la avenida, y encima de nuestras tres cabezas un televisor está encendido en un canal donde dos mujeres mayores bailan chacareras y se confunden.

El jovencito es parecido al adulto, lo que inmediatamente me lleva a pensar en padre e hijo. Les estiro la tarjeta de débito, entonces. Es un plástico dorado y negro que tiene adentro un chip con la cifra de todo el dinero que me queda. El jovencito la agarra con la mano curtida y la lleva detrás del mostrador, sin quitarme la mirada de encima. Me atrevo a decirles que no entiendo por qué me miran, de qué se ríen.

—Ya le dije, señora, usted habla sola. ¿No se da cuenta?

Lo miro seria. No voy a responder. La frase «¡Diosa monumental!» me retumba en la cabeza. ¿De dónde sacan que hablo sola? ¿Quién miente?

El jovencito me alcanza el ticket para que firme. Lo hago.

54

–Señora, usted debería aprender que cada vez que pisa el freno de su Peugeot provoca un roce entre las piezas metálicas y eso genera muchísimo calor. Si no suelta el freno no dejará que el calor se disipe para que el sistema recupere una temperatura normal. Frenadas muy largas a alta velocidad exigen mucho a los frenos. Le digo porque ya se lo hemos cambiado demasiadas veces.

El jovencito vuelve ahora detrás del mostrador y se sigue riendo de mí. Le respondo al mecánico mayor que ya entendí, que muchas gracias, y que nunca más me diga señora. Entro a mi auto y hay olor a limón, lo único que agradezco desde que me levanté esta mañana. Enciendo el auto y me alejo de ahí. Puedo ver como me miran con esa tensión que solo está en lo familiar: los ojos verdes de la única complicidad.

Y se va alejando despacio esta chica de treintas que parece que habla sola, que jamás lo registró, y que abusa de los frenos de su coche simple.

La calle parece limpia a las siete de la mañana, cuando el vendaval de hora pico todavía no llegó. Avanzo por avenida Córdoba y enciendo la radio para disipar el silencio. Me imagino cosas: enfermedades y síntomas extraños en el cuerpo. Cada tanto esas imágenes vienen solas a mi cabeza, como si alguien las hubiera llamado, como si alguien hubiera soltado al fin a esas bestias que ahora corren y corren. Uno de mis mayores miedos es que se me apague el cerebro por una disfunción cardíaca. Tener que aprender a hablar, a caminar. Tener que reintegrarme al mundo de los vivos.

Aprender de nuevo a decir mamá, árbol, casa, amor. ¿En qué estoy pensando? Por el amor de Cristo. Hace más de quince horas que no hablo con otro ser humano que los mecánicos que hicieron conmigo lo que les dio la gana. Avanzo por avenida Córdoba y repito frases en voz alta para recordar que todavía tengo lucidez. ¿Entonces esto es hablar sola? ¿O es pensar sola? ¿Recordarme a mí misma que todavía estoy?

Tengo veinte minutos para llegar al edificio de oficinas, mirarme al espejo del ascensor, sonreírles a tres, cinco desconocidos, guardarme en mi escritorio, respirar hondo, entender que esta es la vida que se va configurando así, como un golpe en seco. No echaré raíces, eso no. Pero parece que levito, y eso es como saber hacer magia.

8. COMPAÑEROS DE MEDIOCAMPO

Hace dos semanas que no sé nada de Felipe. Hace tanto calor en la ciudad, y ninguno de estos días llovió. El sol está ahí arriba, en una exigencia insoportable. La gente hace pícnics y después se marea y se duerme por haber enfrentado así al calor. Andamos locos por un pedacito de aire programado. Entramos a hipermercados pero no compramos nada, solamente hacemos tiempo ahí, en las góndolas de las heladeras para sentir el frío salvador.

Casi todas las mañanas desayuno mirando el edificio de enfrente, como si tuviera la mejor programación. Gallardo se duerme con la lengua afuera, como si ensayara morirse. En el balcón del cuarto piso de enfrente, una familia tipo mira la televisión de la mañana a la noche y antes de dormir, seguramente se dicen entre todos que ese romance de HBO es el verdadero paraíso.

Mis días siempre empiezan en silencio. Todavía puedo sentir la textura del asiento del auto de Felipe, el olor a la pérdida de nafta, la estampita de la Virgen. Llamo al trabajo y doy parte de enferma. Digo que tengo placas. Me creen. Corto el teléfono y festejo como si hubiera hecho un pequeño gol. Respiro hondo. Gallardo me mira como en un dictamen, en ese que dice que no se miente con la salud. Le pido que no me moleste.

Llamo a mi mamá y le digo que la quiero. Ella me dice que también y que no puede hablar ahora porque está entrando al gimnasio. Que me haga amigos, amigas. Que no puedo estar tan sola. Le digo que tengo una amiga en la oficina que se llama Maite Sadler, que nació en el 83 y que a veces usa vinchas de colores con los rulos sueltos detrás. Lidia me dice que salga con Maite entonces, que armemos planes nocturnos. Que me baje aplicaciones en el celular para tener citas con hombres. Que esa es una gran, gran opción. Que vuelva a creer en la intimidad, por favor.

–Gracias, mami –le digo–. No sé qué haría sin tus ideas novedosas.

Me toco mi pubis rojo y constato que sigue ahí. Me voy a la cocina. El aroma a café arrima a Gallardo a mover la cola y a babear cerca de mí. Salí de acá, ridículo. Así le digo.

Mi cabeza loopea ocho años de Felipe en un minuto. Alejarse de alguien es una maratón de imágenes saturadas, rojas y naranjas. El año pasado ya se fue y este es una multiprocesadora Atma. Pienso que somos mamíferos que van y vienen y muy de vez en cuando se chocan el hocico y eso los enamora. El fu-

turo se convierte en un campito de niebla, ahora.
Tengo que ir con cuidado. Difícil que mis desayunos
no estén teñidos, ahora, por esta imagen:
Felipe arruga la cara, se lleva un pañuelo de tela a
la mirada. Gallardo lo mira y llora.
—¿A vos te parece normal vivir tan ensimismada?
Yo lo miro y no logro entender del todo por
dónde viene la conversación. Todavía hace calor y
subo el aire acondicionado, como si pudiera lograr
que hiciera un ruido tremendo y dejara a Felipe en
mute.
—Hace más de un año que no hacés foco —me
dice.
¿Más de un año? ¿En qué momento estuvo haciendo todos esos cálculos?, me pregunto, pero por
supuesto no digo nada. Sigo mirando los números
del aire acondicionado.
—Se terminó, Paulina. No aguanto más.
Yo no respondo nada. Parezco un soldado de plo-
mo. Ahora Gallardo viene conmigo, como si tuviera
que hacerse cargo del que salga más dañado en este intercambio.
—Ya no va más, ¿entendés eso?
Entonces me agarra uno de los hombros y me fro-
ta su mano ahí, sobre mi remera, como si fuéramos buenos compañeros de mediocampo. Sigue arrugando la
cara, hace fuerza para llorar como una criatura en una
crisis de histeria.
—¿Paulina?
Yo no respondo nada. Yo nunca digo nada. Antes
me asustaban cosas del mundo tecnológico: aviones,

subtes bajo tierra, descarrilar, ruta banquina y pavimento. Ahora me aterra la astucia que tienen las personas para destruir, ¡la máquina jamás nos superará!

—¿No vas a decir nada? ¿Estás ahí?

Lo miro, eso lo sé. Confío en que la mirada por sí sola dirá algo, pero a la vez es exigirle demasiado a esa parte de la cara. Felipe se encierra en el baño. Gallardo se acerca y me lame la mano. Perro maldito, ¿cómo sabe que muy adentro de mí algo se partió? Le acaricio la cabeza. Serán cerca de las once de la noche y la ciudad está silenciosa. Felipe se queda aproximadamente una hora dentro del baño, mirándose al espejo, proyectando la vida que le espera en su futura soltería de hombre de mediana edad. La vida divertida. Y yo le repito en voz baja a mi perro algo que leí alguna vez y me aprendí de memoria. Como leerle un cuento a un niño muy menor, le digo:

La cara del anciano saliendo del placard para gritarte «buh»

la cara de la anciana amasando algo enorme, parecido a un perro chino

la máquina tragamonedas cuando se quedaba trabada y el chofer tenía que bajarse de su asiento divino. Pocas veces vemos un chofer fuera de su sillón cervical, parado ahí para golpear la máquina y que la moneda trague y funcione de nuevo

la vez que besaste a alguien con un chicle de uva y las dos bocas quedaron moradas

la primera vez que desnudaste a un hombre

la primera vez que una chica te besó la espalda

la cara de un bebé diciendo cosas

60

la boca abierta del anciano muerto sobre la cama
de dos plazas en el conurbano las moscas volando alrededor
el balde con agua sucia y un juguete hundido en
el fondo un juguete con forma de estrella
la mujer que te defendió cuando te pusiste a llorar y apenas podías decir «pero entonces, yo»
las noches que caminaste llorando, fumando Lucky
Strike por el barrio de la infancia
el ruido de las hamacas gigantes de la plaza
la película de amor que te dejó una semana en
cama
el actor belga de la película de cable que buscaste
en todas partes y nunca apareció
no sabés su nombre
nadie lo sabe
el chico que te prometió que no ibas a comer
nunca más sola
la primera vez que te animaste a mirar a través de
la ventanilla de un avión
el insomnio que te dejó sola en el medio del espacio cósmico
patrimonio común de toda la humanidad creyen-
do que nadie puede hablarte
Al final un día mirarás para atrás
y dirás:
¡Mirá todo lo que hice!

El perro me mira y llora. Los animales saben demasiado, y eso me aterra. Siempre me aterró.
Cuando Felipe sale del baño se enciende un ciga-

61

rrillo. Lo fuma parado en el balcón. Me pregunta si pensé, si estoy lista para decir algo, y le respondo que no. No hay nada que yo pueda decir porque no hay nada que él tenga ganas de escuchar. El tránsito de la avenida no cesa nunca, ahí mismo puedo darme cuenta. El colectivo azul que frena sin cuidado. El grupo de adolescentes que se reúne los martes a la medianoche en la puerta de la casa antigua. Las ventanas iluminadas del hospital católico, la zona de cuidados intensivos, la zona intermedia, el área de maternidad.

–Te quiero –dice Felipe.

La noche anterior nos habíamos dormido diciéndonos: te amo, buenas noches, que descanses. La tríada divina pero falsa. Me pregunto a quién le hablaré ahora. Me pregunto cómo haré para creer en una nueva interlocución.

Con esta imagen desayuno todas las mañanas mientras hundo el cuchillo en la tostada. Todavía no pude responder ninguna pregunta.

9. LA REINA DEL BAILE

Entro en un bar demasiado violeta y veo que el hombre que busco me hace un gesto con la mano. No distingo si sabe quién soy o si me confunde con la moza, la cuenta o la mar en coche. Le respondo con un gesto parecido y me sonríe con unos dientes carnavalescos. Mientras me acerco, me voy dando cuenta de que su foto de perfil fue una vil mentira. Tal vez ese rostro haya estado en ese hombre hace veinte años, pero el que ahora me recibe corriendo la silla ya no es ese. Tendrá más de cincuenta años, pero su camisa de manga corta y sus lentes negros apoyados sobre la tapa de su cabeza intentan lo contrario. Se incorpora para recibirme y lo saludo con un beso en la mejilla. Me saco el abrigo de lana. Sí, lana. Exageré. Tengo que decir algo ya mismo para que no note toda la decepción que tengo en la cara y en las piernas. Entonces digo:

–¡Qué violeta este bar!

Me dice que sí mientras regresa a su asiento.

Aunque ya estoy convencida de que no besaré a este hombre, igualmente algo me pone eléctrica. Estar sentada enfrente de él con perfume en el cuello y un peinado esmerado podría hacerlo sentir importante. Que los demás sepan que esto es una cita romántica, o incluso que él esté calculando cómo tendré las tetas, si gritaré mucho, poco, si el lazo podría durar más de dos o tres encuentros. No lo sé. No quiero estar en sus cálculos.

Por el ruido que hay en el lugar apenas entiendo lo que dice. Igualmente le sonrío. Oigo algo así como que estoy muy linda y vuelvo a sonreír. No tengo el suficiente entusiasmo para las respuestas sagaces. Una pareja se besa con lengua en la mesa de al lado y en el vaivén tiran un vaso que se rompe con un estallido evidente. Sentimos un espasmo de incomodidad, entre las lenguas y el vidrio. El hombre que está enfrente de mí se levanta para ayudar a limpiar. Apenas se agacha, se le caen los lentes oscuros al suelo. Se apena bastante. La pareja le dice que regrese a su asiento, que no necesitan ayuda. Ahí estamos nosotros, otra vez, intentando recapitular.

Me cuenta de las prácticas de tenis que comenzó hace menos de un mes en un barrio del norte. Del equipo de short y remera blanca de frisa que tuvo que comprarse. No podría interesarme menos de qué material está hecho su uniforme.

–Yo no hago deportes –le digo–. Hacen que me lata muy rápido el corazón y eso me asusta.

No le causa gracia. Mira la carta electrónica en su celular. Me pregunta qué quiero pedir y una moza distinta a la anterior se acerca a nosotros. Me mira con urgencia. Pido el trago que tiene más alcohol en la carta. Uno que traiga colores y densidades mezcladas. Él pide un fernet con Coca-Cola light. Una moza anota, sin cuestionar, y se vuelve a su cueva. De todas las preguntas que podrían formularse en el mundo, el hombre elige preguntarme qué música escucho, o peor aún, qué música me hace feliz. Le digo que la música no me hace feliz, no, mentira, le digo que últimamente nada me hace feliz. Exagero. Sonríe apenas, en un intento ahogado. Eso tampoco le causa gracia. La música del bar violeta suena cada vez más fuerte. Oímos a chicas y chicos con autotune en la playlist que dejaron andar. No se les entiende lo que dicen cuando cantan, pero puedo sospechar que se menean hasta abajo y mueven mucho la pelvis. Y seguramente estén hablando de un desamor, una infidelidad, o algún encuentro sexual mínimamente acertado.

El hombre que está sentado delante de mí sonríe, por cualquier cosa él sonríe, como una vía de escape. Ahora bebemos sin preguntarnos demasiado. Dicen que se hace así. Me pregunta si tengo ganas de bailar un rato y me estira su brazo. No tengo opción. En ese instante, el suelo se abre paso. Un vértigo que no conocía, como de avión o precipicio, se me mete en los ojos. Le respondo que sí, y cuando me levanto de la silla no puedo creer lo que veo. Un trompo, un tren, algo que no se detendrá. Me pregunta si estoy bien y le respondo que sí, pero me estoy cayendo. Me agarra de la mano y se la suelto. Me caigo. Se aleja apenas, bailando el estribillo de otra canción. Se da vuelta y levanta el brazo, llamándome para ir tras él. Jamás iría tras él. Le hago un gesto de que me voy al baño. No me caigo pero me caigo. La respiración no existe, se entrecorta. El baño está libre y me arrojo al cubículo. Me encierro. Bien. Me siento a mear y leo grafitis. En casi todos se pide sexo y compañía a gritos. Pienso que a fin de cuentas estamos todos aullando lo mismo. Termino de mear. Pareciera que acá dentro estoy a salvo, lo que no entiendo es de qué. Bajo la tapa del inodoro y me siento ahí, descanso la vivencia. Apoyo la espalda sobre una pared húmeda. No sé de qué. No me importa. Oigo como dos o tres chicas jóvenes –o más jóvenes que yo– me golpean la puerta.

–¿Está ocupado?

Les respondo que sí. Miro el techo. No hay nada ahí. Pintura blanca sin humedades. Está todo en orden. Cierro los ojos y bostezo. Creo que me dormito o tengo fiebre. Alguna de esas dos cosas que se parecen bastante. Pasan unos minutos largos. Allá afuera la música va cambiando pero parece un sinfín, una masa amorfa, una pesadilla de la infancia.

–Queremos mear. ¿Qué onda?

Me sobresalto. Algo me enoja pero yo no soy de las iracundas.

–Ninguna onda –les respondo.

–¿Cómo? –me preguntan. No están tan seguras de haber oído bien.

Intento cerrar los ojos otra vez y lo logro por completo. No tengo dificultades. Ahí dentro, en mi oscuridad, siento apenas un poco de alivio. Creo que en este estado no podría volver a casa. La ira se desvanece y ahora se transforma en eso más conocido, una especie de histeria y hartazgo que podría llegar en cualquier instante.

–Che, dale, piba, no es gracioso. Es el único baño.

No sé qué responder. No tengo por qué responder. Atajo la puerta con los brazos. No dejaré que nadie se me acerque. Pienso en los movimientos que vendrán. Saldré liviana. No miraré hacia la pista de baile. Miraré el suelo. Intentaré no hacer ningún contacto visual con nadie. Saldré por la puerta. Me arrojaré sobre el primer taxi que se apiade de mí. Viajaré por la ciudad durante un rato largo.

Ahora noto como un pie con zapato de taco golpea la puerta de una patada suave.

–Dale, forra, me estoy meando. ¿Qué te pasa?

Le respondo por lo bajo. Balbuceo para apenas hacerme oír. No puedo moverme. No creo que pueda salir de ahí dentro en toda la noche.

–¿Pero qué decís? ¿Qué dice?

–No, no sé –responde su amiga.

–¿Te estás riendo? ¿Te estás haciendo la graciosa?

Dicen otras cosas más. Maldicen. Ellas sí son de las iracundas. Se les oyen las hormonas. No sé qué les hace pensar que me podría estar riendo.

Por la hendija de la puerta puedo ver una pequeña hilera de mujeres controlando muy fuerte sus vejigas. El tiempo pasa rápido para ellas y muy lento para mí. Vuelvo a cerrar los ojos pero es inútil, la respiración no se normalizará. Ahora creo que veo un poco blanco, un poco negro. Dejo de sostener la puerta y subo las piernas sobre el inodoro, como si intentara protegerme de un ataque de tiburones debajo de mi bote.

Al grito de «¡Dale, forra! ¡Mirá el tiempo que nos estás haciendo perder!» se abre la puerta de una patada voraz. La traba de metal cede porque se ve bastante podrida. La madera de la puerta también. Las paredes chorrean humedad como si alguien se estuviera duchando. Ahí detrás, como recortadas, puedo ver a tres chicas de menos de veinte con polleras mini y piernas duras. Las tres llevan zapatos de taco alto, los labios rojos, bolsos cruzados. Es difícil diferenciarlas entre sí. Bien podrían ser hermanas o experimentos. En el primer instante veo furia en sus caras, pero eso después se transforma, demasiado rápido, en curiosidad. Lo que ven sus ojos es a una mujer de casi cuarenta años que se arregló para salir, con los ojos semicerrados, abrazada a sus piernas como si el peligro estuviera en todas partes. Nos quedamos las cuatro en silencio un instante. La música sigue llegando desde allá afuera. Sigue siendo una masa uniforme de altibajos y autotune. Les digo que no soy ninguna forra, que simplemente me acaban de abandonar. Puedo ver que se miran entre ellas, apenas. Una deja caer su bolso de lentejuelas al piso y se agacha para mirarme de cerca. La otra pide que la hilera de mujeres que se armó para mear se desoriente un rato, que me den un poco de aire, por favor. Las mujeres hacen caso. Pareciera que algo entienden, que no necesitan mucha más explicación. Las vejigas esperarán. La tercera amiga simplemente agacha el torso y me abraza. Nos quedamos así un rato. Yo no logro llorar pero estoy cómoda ahí, en el roce de su campera de cuero y el ruido de su joyería. Podemos oler el Cif desinfectante que viene de la tapa del inodoro mezclado con los bollos de papel higiénico que otras chicas dejaron caer al suelo. La pista de baile arde como un eczema.

10. SALAS DE ESPERA

Hay cinco mujeres de uniforme sentadas detrás de un mostrador. Parecen las panelistas de un programa de televisión. Tienen un peinado alto y las frentes les brillan por las luces dicroicas. Podrían haber sido bailarinas también, con mallas y brillos, pero no: tienen trajes sastre. El aire acondicionado está demasiado helado y alguna que otra se puso un saquito rojo. Ya es mi turno. Me atiende una tal Carmen, según el cartelito que tiene adherido al pecho, y me mira de reojo. No sé qué le pasa con lo que ve porque baja la mirada instantáneamente, como si no hubiera habido una correspondencia liviana. Me pregunta si es mi primera vez en ese centro médico y le respondo que absolutamente sí.

–¿Es su primera vez en CIEM?

–Absolutamente sí.

Detrás de mí, una hilera de mujeres de más de cuarenta miran la pantalla de sus celulares en sillones de un cuerpo. Alguna se ríe, otra tiene gesto de sorpresa.

Casi ninguna se muestra indiferente ante las pantallas de sus Samsungs; en cambio, cuando los abandonan en la cartera pareciera que sus caras se derriten lentamente, como un heladito del aburrimiento. Como si aburrirse fuese un líquido o una temperatura. Carmen me devuelve mi credencial de la obra social y me pide que tome asiento. Me siento a mirar las publicidades del centro médico que proyecta un televisor led apostado en la pared. Una familia tipo sonríe a cámara, un niño corre, se cae y se golpea la rodilla. Su madre joven corre a socorrerlo y llama por teléfono a un médico a domicilio que llega rapidísimo. El médico, con el estetoscopio colgado y un par de anteojos de marca, palmea en el hombro a la madre, que ahora mira a cámara, tranquila, y dice alguna frase común. Hay padres en los videos informativos también, siempre y cuando estén acompañados de una mujer. Los padres solteros no son muy considerados por el centro médico, en cambio, la madre soltera tiene su estilo, su carisma. El padre en general es un hombre blanco en la mediana edad que sonríe en silencio. Casi nunca tiene algo para decir. Instantáneamente después, veo un especial con imágenes ilustrativas sobre el procedimiento de congelamiento de óvulos. El sonido está tan bajo que no se llega a entender.

Los números avanzan y esas mujeres se levantan de sus asientos, guardan sus teléfonos y caminan tranquilas hacia el ecógrafo que les dirá qué tal están sus interiores. Carmen sigue mirándome de reojo desde atrás del mostrador símil mármol. No puedo entender si yo le hago acordar a alguien o si quiere algo de

71

mí. Ahora veo en la pantalla como un grupo de especialistas duerme a una mujer en la mediana edad para extraerle cinco, seis óvulos para meterlos después en un congelador que parece de juguete, de un diseño novedoso. En ese instante entra una mujer que todavía no cumplió los cuarenta años –siempre tuve esa destreza especial para identificar las edades, como un pálpito deportivo o un trastorno obsesivo con los rostros y las pieles–. La mujer lleva un cochecito con un bebé dormido y una niña de tres, cuatro, cinco. La edad de las criaturas no se me hace tan fácil. La mujer estira el brazo con una credencial dorada y Carmen toma sus datos. CIEM es el centro médico elegido por todo el barrio. Ahí las mujeres podemos ser optimistas, neutras o infelices y nadie se da cuenta.

La niña empieza a caminar sola por la sala de espera y se choca con las rodillas de dos mujeres que ahí esperan su turno. Me río del blooper. Las mujeres con la vista en sus celulares no se dan cuenta. La niña, entonces, viene hacia mí. Soy la única que tiene los ojos libres. Hago de cuenta que eso no está pasando. Me miro los zapatos. No están intactos, tienen tierra. La niña se sienta a mi lado. Tiene puesta una remera con una inscripción en inglés sin ningún sentido. El televisor led ahora vuelve a mostrar al padre dócil, a la madre que le cura la pierna a su hijo, y el tape del congelamiento de óvulos. Carmen sigue mirándome detrás del mostrador, como si yo le hubiera arruinado la vida y no tuviera recuerdo alguno. Me mira tanto que me gustaría pedirle perdón. La madre de las criaturas guarda su tarjeta dorada y busca un sillón para sentarse.

—Micaela, vení por favor. No molestes a la señora.

¿Señora? Algo de mi temperatura corporal varía porque me empiezo a enojar, aunque no tenga muy en claro con qué o con quién. Felipe me hubiese tomado la mano si estuviera acá, cansado de todo lo que puede venir de mí, en un acto de paciencia más para él que para conmigo. Me hubiera acariciado la yema de los dedos con un afecto grosero, parecido a una rabia novata. No puedo entender dónde vio esa mujer una señora en mí.

Carmen se levanta de su asiento con unos papeles en la mano y desaparece entre puertas de vidrio y plotters del CIEM. La niña de cinco, seis, ¿siete?, se sienta en un sillón de un cuerpo al lado mío y me mira a la cara. Me pregunta si estoy triste.

—¿Estás triste?

Me río. Tardo en contestarle.

—Creo que no. ¿Vos?

—¿Algo te preocupa?

Le respondo que creo que no y nos quedamos las dos mirando hacia adelante, al ventanal alto que muestra un edificio desangelado enfrente, con vecinos cansados del calor citadino. Su madre, desde otro sillón individual, insiste.

—Micaela, ¿qué te dije? Dejá en paz. Nadie quiere hablar con vos.

Le pido que no se preocupe. Que su hija y yo, la señora, estamos bien. La mujer me sonríe.

Micaela me cuenta que nació de un experimento.

Su madre vuelve a pedirle que se calle mientras le da la teta a su bebé y en ese instante vuelve a aparecer Carmen, pisando con fuerza con sus tacos altos sobre el suelo plastificado. Se sienta detrás del mostrador y respira hondo. Se abanica con una mano, como si eso sirviera de algo para batallar el calor.

—¿Cómo de un experimento? ¿Estás inventando? Porque no tengo tiempo para la ficción —le digo sonriendo.

—Mi papá no existe. Es un tubo de ensayo.

—¡Micaela! —interrumpe su madre mientras mete al bebé en el cochecito y al unísono camina hacia nosotras, pidiéndome disculpas por tener una hija poco domesticable, demasiado habladora, ridículamente taimada.

Carmen aprovecha el movimiento que hay en la sala para aventurarse un rato, porque en definitiva lo que le pasa es que está aburrida. En ese momento se asoma el especialista en fertilidad gritando mi apellido y yo no sé si responderle o quedarme sentada en ese sillón un rato más mirando a Micaela, mirando a su madre, dejando que Carmen me mire con la fuerza de un taladro.

—¿Paulina Almada? ¿Está acá?

Carmen responde que sí, y se acerca hacia mí para señalarme con el dedo índice que se asoma de su saquito con tanto uso encima, con el color rojo tan desabrido. Tan poco kilometraje, Carmen, y yo que no puedo levantarme del asiento. Micaela ya está entregada al llanto desconsolado y su madre le pide por favor que se calle, ahora y para siempre, le repite y le repite y a eso se suma el llanto del bebé, el humano no identificado, sin nombre, con demasiado poca identidad. Me levanto del asiento, al fin, porque Almada soy yo y el especialista en fertilidad debe decirme si acaso podré ser madre alguna vez, todavía, si acaso lo tengo resuelto en mi cabeza, si tendré con quién, si todavía hay tiempo en este cuerpo mío que dejé pasar. Rozo a Carmen con el codo en su pecho, la empujo apenas, por eso de mirarme tan fijo, de señalarme con el dedo. Carmen se mueve a un lado, con un disgusto esperable pero todavía tímido. Dice algo que no llego a oír. Le pregunto. Me dice que no dijo nada. Le vuelvo a preguntar. Entonces ahí sí me reclama que a mí cómo se me ocurre, que yo quién soy para empujar y para ponerme a hablar con criaturas ajenas. Le habré hecho acordar a su madre, a su hermana, a alguna mujer que no la quiso mucho y la hizo lamentar. La empujo porque el rechazo que siente no es conmigo, está mal direccionado, pero pobre Carmen, está demasiado vacía como para entender una equivocación así. Me mira con los ojos redondos y negros. Algo dice, otra vez, que no llego a oír, y entonces me empuja de vuelta y yo casi caigo pero no caigo y la vuelvo a empujar y así un sinfín de empujones con los que intentamos, sin éxito, desestabilizarnos. Desde que soy una criatura me enseñaron que entre chicas debía ser así.

Micaela grita que sí, que sí. Le encanta el espectáculo. El bebé aúlla. Yo también pienso que sí. Que la ciudad es esto también. Mujeres en estado salvaje averiguando cuánto tiempo les queda o cuánto tiempo falta para dejar de sentirse en deuda con la sucesión o la posteridad. El especialista en fertilidad me agarra de la cintura y me lleva consigo hasta su consultorio, repitiéndome:

–Almada, Almada, nada de esto es saludable.

Menos mal.

11. UN PENSAMIENTO PELIGROSO

—¿Cómo son tus placas? ¿Qué antibiótico te dieron? Le respondo a Maite con la verdad. Que decidí guardarme y llorar durante el día, como un plan con comienzo, nudo y desenlace. Que según lo poco que sé de mi cuerpo, todo está en orden. Y que en general las placas cuando existen son blancas, pero en mi caso no existen porque las inventé. Le digo todo eso. Puedo oír a Maite respirar con un poco de gracia a través del teléfono.

—Ahá. Entonces si estás inventando enfermedades es que no estás bien, ¿no?

No le respondo, no sé qué decir. En su pregunta ya está implícita la respuesta.

—El fin de semana que viene voy a ir a Necochea a visitar a Genaro. Pensé que tal vez tenías ganas de acompañarme y de paso llevarme porque arreglaste el auto. Allá hay camas, luz, gas, internet y agua. Por si te querés bañar o querés chatear con alguien.

—¿Quién es Genaro? —le pregunto a Maite.

77

Me responde que es su padre, que tiene más de ochenta años. La idea me parece bien. Solo tendríamos que comer con él, hacerle un poco de compañía, administrarle las pastillas diarias. Le pregunto si puedo llevar a Gallardo y Maite me dice que sí. Con tal de rodearse de personas, sean quienes sean, Maite nunca tendrá problemas.

Ese mismo sábado a las siete de la mañana Maite está en la planta baja de mi edificio. Le pido que por favor me espere. La puntualidad también puede ser un problema. Gallardo ladra con la fuerza de una piedra histórica y yo intento blanquearme apenas los dientes. En la radio dicen que anoche tres hombres y dos mujeres asaltaron un banco y salieron airosos. Escaparon en el primer tren de la madrugada. Me pregunto qué habría pasado si me los hubiera cruzado en pleno atraco. Armé un bolso para cinco días con tres remeras lisas y dos pantalones que me quedan grandes. Abandoné el estilo, si es que alguna vez tuve uno. Uso jeans celestes y remeras de colores primarios. Ato a Gallardo una correa brillosa que le compré la semana pasada porque me pareció bien iluminarnos un poco ante el abandono. Ya sé que no es abandono, ya sé.

Cuando abro la puerta del edificio, descubro que Maite se peinó distinto. Tiene el pelo todavía mojado, le chorrea sobre una camiseta blanca que le transparenta los pezones. Trae un bolso Adidas con tres mudas de ropa, me cuenta. Acordamos que ella arrancará manejando porque yo todavía tengo mucho sueño. Subo al auto y Maite activa en un instante la radio de los clásicos. Todo el romanticismo de la década pasada tiñe mi Peugeot. Sin darnos cuenta ya estamos arriba de la autopista. Maite habla pero yo no logro oír del todo lo que dice, no todavía, no tan temprano. Oímos canciones de amor en la radio, que a esta altura ya va y viene. Hace ruidos molestos. Maite me ofrece mate, digo que sí. El perro se tambalea ahí detrás.

–¿Querés abrirle la ventanilla? Pobrecito.

Le digo que sí, hago caso. Por el amor de Cristo, yo siempre hago caso. El perro asoma la trompa y se le mueve todo el pelo negro y largo que tiene. Parece una publicidad de shampoo. Maite me sonríe y yo también le sonrío. No me gusta cómo les queda el pelo mojado a las personas. Las hace ver grasosas.

Maite activa una de sus tantas playlists y empieza a cantar inmediatamente.

–Just running scared, each place we goooo…

Maite canta en voz alta pero no parece demasiado alegre. La canción tampoco.

–Just running scared, feeling lowwww, running scared, you loved him sooo…

El perro abandona la ventanilla porque el aire en la cara lo agotó. Respira fuerte a nuestras espaldas y va quedándose dormido. Puedo verlo a través del espejo retrovisor. Pobre criatura controlada.

–La canción dice que él corre aterrado porque ella amó demasiado a otro y él ahora tiene miedo de vivir la vida –me cuenta Maite. Le digo mirá vos y en la ventanilla veo como otros autos nos rodean igual que pretendientes. Carteles de yerba mate para adelgazar, de prepagas médicas, de jugadores de fútbol exitosos que recomiendan lácteos.

—Esta canción es una de mis favoritas —me dice.

—Me parece linda —le respondo.

—Cada vez que la escucho, me dan ganas de correr, pero correr de huir, no de hacer ejercicio. Como eso que dice la letra. Los primeros acordes me generan algo extraño, como un desborde; como cuando una no entiende si lo que ve es verdad o no.

Maite sigue cantando en inglés mientras chupa la bombilla de plástico. A mí todo me parece un asco. El mate accesible para los viajes, la historia de la canción deprime, el inglés de mi amiga de la oficina, los pelos del perro armando una textura permanente en el asiento de atrás.

—Paulina, ¿cómo estás?

Me doy cuenta de que hace mucho tiempo que nadie me pregunta eso. Otra vez la ventanilla al lado mío, un rectángulo perfecto que deja todo el tiempo árboles atrás. Me gustaría contarle a Maite que una extraña me abrazó en un baño público, pero no sabría por dónde empezar. Debería hablar de la cita a ciegas, de la falsa foto de perfil, y de todo lo que me llevó hasta allí.

—Ya sé que no te gusta hablar de nada, pero nos quedan dos horas de ruta y creo que soy la única amiga que tenés.

Hago ese movimiento que me viene cuando estoy nerviosa. Me toco la coronilla. Me arranco algunos pelos sin querer, los hago un bollo en la palma de la mano. Atrás de los árboles veo vacas y atrás de las vacas veo postes. De vez en cuando veo una casa solitaria en el medio de la nada. Blanca o gris, con tejado y algunos escalones. Lo que todas pensamos que es una casa cuando tenemos cinco, seis años. La puerta, la ventana, el techo, el pasto.

—¿Cómo sobrevivirán esas casas a una tormenta de rayos? ¿Alcanzará el pararrayos que los detiene? O mejor dicho: ¿tendrán todas pararrayos, o acaso a las personas que se mandan a vivir ahí mismo, en el medio de la nada, al costado de la ruta, no les importa que un golpe de luz que viaja a velocidad supersónica pueda partirlos en pedazos?

—¿Hay algo que realmente les importe? —respondo.

Maite me mira un poco ofuscada. No es esa la respuesta que estaba esperando. Me dice algo así como que soy imposible y yo hago de cuenta que no la escucho.

Nunca veo personas caminando alrededor de esas casas, nunca en ninguno de mis viajes. Siempre son paisajes, la fauna y lo verde, pero nunca personas. Después le pregunto a Maite si quiere que cambiemos. Puedo manejar yo sin problemas, ya me desperté del todo.

—Entonces no me vas a decir cómo estás —insiste.

Le respondo que realmente no lo sé, que no me haga buscar ahí adentro.

Casi una hora después estacionamos al costado del camino y Gallardo aprovecha para mear. Son litros de líquido amarillo y oloroso. Mi pequeño elefante doméstico. Maite hace lo mismo, pero más alejada. Se lleva consigo una caja de pañuelos de papel tissue. Dejo la radio encendida para no oír los chorros que les vienen de la entrepierna. Pienso en videos porno y en que hace mucho tiempo que no miro uno. Maite camina hacia el auto abrochándose el jean y mirando la pantalla de su teléfono. Desde lejos me grita:

—Me escribió Manuel.

Le respondo gritando también que no recuerdo cuál era Manuel.

—Me pregunta qué voy a hacer esta noche. No sé qué decirle. ¿Qué le digo?

Le pregunto que por qué no sabe qué decirle. ¿Qué va a decirle, si no es que está fuera de la ciudad y que no está disponible y ahora mismo no tiene tiempo para hablar con él porque está ocupada con la única mujer adulta que dice ser su amiga en el medio de una ruta bonaerense al lado de un perro sin raza? Maite ya me empezó a marear y todavía quedan dos horas para el falso campo paraíso. Ahora se sienta en el sillón de acompañante y se lleva las manos a la frente. Listo. La perdí.

—Manuel es el que aparece y desaparece. Nos vemos y después durante un mes no sé nada de él. Después vuelve a escribirme como pidiendo disculpas, pero sin pedirlas, para que nos acostemos dos o tres veces en una noche para después volver a desaparecer como si fuera una novedad. Como si no hubiera hecho eso mismo ya. ¿Te acordás de él?

Le miento y digo que sí. El perro está inquieto, ya quiere que nos vayamos.

—Una vez en su departamento de la calle Talcahuano me dijo que me quería, que lo perdonara por ser un loco, pero que aun así podía quererme. Nos conocimos en la estación Retiro, creo que te conté. Yo viajaba a Necochea y él se iba a la llanura pampeana. Le digo que no me contó. De ninguna manera. Enciendo el auto. Ahora voy al volante y me da gusto escuchar hablar a Maite. Es como un viento a favor. Así de extremas las sensaciones que me habitan respecto de mi única amiga.

–Los micros estaban con demoras y me convidó a Butter Toffes de menta y chocolate. Le dije que sí aunque la menta me da un asco espantoso. Habremos comido siete entre los dos. Después nos besamos fuerte, como dos focas alteradas, nos babeamos los cachetes y las orejas en los asientos rígidos de la estación. Una nenita de casi siete, ocho años nos miraba con cara de asombro y la madre le tapaba los ojos. De todo me acuerdo. Después Manuel se subió a su micro, que salía media hora antes que el mío, y me saludó desde la ventanilla. Fue lo más parecido a conocer a alguien en un boliche pero fuera de un boliche. Quedamos en encontrarnos al regreso a Buenos Aires. Después nos vimos varias veces en mi casa, pero toda la relación fue así, como si él después de verme se subiera constantemente a un micro que lo alejara kilómetros y kilómetros de mí. Entonces ahora no sé qué decirle. Porque ¿sabés una cosa, Paulina?

–¿Qué? –le respondo, mirando el espejo retrovisor.

–Entregarse a una relación en la que nada está del todo claro es como entrar en un ring sin guantes. Y la verdad es que yo siempre termino volviendo a casa sola. Camino por las calles del barrio, pido fuego para los Marlboro, hablo en voz alta. Después vuelvo a mi casa y me acuesto en la cama, siento el pinchazo agudo en la espalda, la contractura crónica, la espada mortal de estar todos los días tan aislada.

Gallardo le ladra en la cara a Maite. Entiende que algo no está del todo bien. Maite se asusta. Le pido a Gallardo que se quede tranquilo allá atrás, que no altere más a nuestra invitada. Los animales entienden todo y eso me vuelve a aterrar. Maite ahora sonríe. Le aconsejo que no le conteste a Manuel. Que ya sabe que es alguien que viene pero que también se irá. Maite no me responde. La frase que usé suena bonita pero no alivia. Nos quedamos en silencio. El viento hace un ruido que llena el momento.

Eché a andar mi Peugeot 307 recién arreglado. Qué orgullo. Si tuviera algún otro interlocutor dentro de mi auto le diría ahora mismo que estoy empezando a entender que estar sola en el globo puede parecerse mucho a perder una parte del cuerpo. Al dolor de ese accidente o de aquella extracción, a reconocer el miembro fantasma que nunca más se moverá aunque el cerebro diga: ¡tú puedes! Pero no. Solo tengo a Maite y ya tiene la remera llena de hollín, las manos arrugadas, la angustia toda para afuera como una planta trepadora, así que no. No voy a decirle nada.

12.

Hay ambulancias. Tal vez sea solamente una, pero parecen más. Juraría que puedo oír todo un tropel de neumáticos sobre el asfalto, luces verdes y rojas que vienen y van, como en un baile de enmascarados. Juraría que las sirenas arman un compás armonioso, algo que incluso podría tener un estribillo. Podría hasta ponerle letra a esa supuesta canción de la urgencia, en algo así como una pista de baile citadina y nocturna. Pero no. Hay personas con delantales, con chombas verdes. Un hombre de cutis rosado, con algunas imperfecciones en la frente y en la nariz, me habla de muy cerca. Alguien que muy posiblemente haya tenido varicela tardía y eso haya sido escandaloso para la tersura de su piel. Yo apenas lo escucho cuando me habla. Lleva guantes de látex, no los veo, pero los siento en la nuca. De los dientes le sale aroma a Colgate. Mueve la boca pero casi no logro leerle los labios. Me da risa, pero no sé si consigo reírme, y además ese movimiento de tórax me hace doler. Creo que dice: quedate, quedate. Y yo pienso: me quedo, hombre rosado, me quedo. ¿Adónde creés que voy a ir?

Percibo muy bien los colores en este instante. Incluso los distintos tonos de un mismo color. Nunca tuve esa maestría para la mirada, pero ahora mismo es algo que me está pasando. Como un conocimiento adquirido, un poder que vino adherido al accidente. El hombre rosado alumbra con una linterna pequeña el ojo izquierdo, después hace lo mismo con el otro. También las orejas. Es cálida la luz ahí dentro. Una de las primeras sensaciones de placer. Me sacan de mi Peugeot en andas y me trasladan a otro espacio, supongo que es el interior de una ambulancia. Las piernas no me responden, aunque les envío una señal. Están en estado flan. Estado postre. Aunque seguimos en plena vía pública no tengo idea de cuánto tiempo pasó. Un puñado de personas se reunió para mirarme, eso es lo más cerca que estuve de ser la protagonista de algo. Quedate, Paulina, quedate. Me da risa de nuevo. Hombre rosado, ¿adónde creés que voy a ir? ¿Cómo sabés mi nombre?

Me levantan la cabeza entre otros paramédicos que no logro ver. Me ponen un cuello ortopédico con muchísimo cuidado. Soy un adorno de porcelana que se cayó. Me acuestan en una camilla. El hombre rosado sostiene una bomba de oxígeno y repite: Paulina, Paulina. Le gustará mi nombre. Aprieta esa bomba que tiene gusto a cloro y yo respondo bien. Tengo los ojos más abiertos que antes. Los colores ingresan a mi mirada con mucha más intensidad. Podría estar bajo el efecto de alguna droga, pero creo que todavía no me dieron ninguna. El hombre tiene sangre en la camiseta, en el ambo médico, o en lo que sea que tenga puesto. Intenta hacer contacto visual conmigo pero yo no puedo. Estoy dividida en dos lugares, uno entre estos hombres y mujeres que lucen como rescatistas o escaladores de montaña y otro que me da mucho sueño, donde me puedo recostar en un colchón inflado, repleto de plush, con olor a vainilla o a tabaco. Un lugar en el que el cuerpo no me duele y puedo estirar la espalda como un gato. Paulina, Paulina. Hay luces de móvil policial y hombres vestidos de azul, ¿o de verde, era? El perro ladra por alguna parte y alguien le habla: quedate tranquilo, tu mamá va a estar bien. Nosotros te vamos a cuidar. Sos un perro hermoso. ¿O no es un perro divino, Jorge? Y ese tal Jorge responde: Sí, pero ¿de qué raza es? No sé. Le contestan que no saben. Que probablemente sea una cruza entre ovejero y border collie. Si la dueña se muere nos lo podríamos quedar, ¿no te parece? Y Jorge responde: Es un poco grande para el living. Y ella le contesta: Siempre son un poco grandes los perros, Jorge. Y Jorge responde: Está bien, si la dueña se muere nos lo podemos quedar. Pero solo si la dueña se muere.

13. UN PERRO O UN HIJO

–¿Te imaginás tener una criatura sentada acá atrás, en una hamaquita, con airbag incorporado?

Cuando Maite me pregunta eso no sé cómo responderle que, por supuesto, ya lo pensé muchas veces. pero prefiero callarlo porque cada vez que lo evoco es como si algo muy adentro se me astillara. Como si la espina de un pescado se me hubiera clavado para siempre en algún órgano importante. ¡Tac!

El sol del mediodía podría matarnos, pero sobrevivimos. Tenemos pantalla cincuenta en las narices y lentes de sol. Maite está doblada sobre sí. Acaricia a Gallardo porque el perro está inquieto: llora, se acuesta, se para, se acuesta, llora, ladra.

–Igual si un perro en un viaje de seis horas es un fastidio, imaginate un bebé.

Miro a través del espejo retrovisor. Tiene razón mi compañera de oficina, pero no tengo ganas de responderle.

–Llora, vomita. Ahí todos los líquidos posibles

saliéndole de la boca, de la nariz, de las orejas. En fin. Qué sé yo. Yo hago un esfuerzo para que todo eso de las criaturas me parezca detestable, pero no hay caso. Incluso el vómito ajeno y en miniatura me moviliza para bien –dice Maite mientras acaricia al perro de una manera ahora insistente, poco tranquila–. No termino de entender de dónde sale esa chispa, esa especie de movimiento agudo, que es el deseo, que también podría ser una luz áspera o un grito. Eso mismo, un grito alentador. Como una tribuna, pero no demasiado grande, eh, una tribuna moderada pero encantadora. Vos me entendés de lo que hablo –me dice Maite mientras abandona a Gallardo y se vuelve a poner los anteojos de sol para mirar a través de la ventanilla, a esas vacas que pastan por ahí y que probablemente estén viviendo los últimos instantes de su vida.

En ese momento, con una especie de entusiasmo que desconozco totalmente y que viene de ningún lugar, le propongo que congelemos. Que intentemos agendar una cita para hacer ese trámite juntas. Que nos duerman y nos saquen todos los óvulos posibles para poder estirar el deseo.

–¿Me estás proponiendo que hagamos un plan además de este viaje? ¿Estás pensando que después de compartir todas estas horas juntas podrías hacer otra cosa conmigo? No lo puedo creer. Estás demente.

–Sí, pero eso ya lo sabías –le respondo.

–Es el plan más destinado al fracaso que oí en este último tiempo.

–Mentís.

—Pero ¿yo no te caía mal? —me pregunta.

Por supuesto no le contesto.

—Es carísimo —insiste.

—Es accesible.

Mi Peugeot está haciendo ese ruido molesto otra vez. Espero que no sean los condenados frenos. Una hilera de tres autos metalizados nos adelanta en la ruta. Toda esa gente que viaja chupando mates con un apuro inconducente. ¿Tres autos iguales? ¿Qué está pasando?

—Manga de imbéciles. Desmadrados, hipócritas, ¡pero sobre todo imbéciles! —digo, y miro a través del espejo retrovisor. Gallardo sufre, pobre perro. Así es la vida. Evidentemente retardé el paso porque estamos hablando de cosas importantes y allá van, los imbéciles sin preocupaciones, idénticos, un kilómetro adelante.

—¿Me estás hablando en serio, Paulina? —me pregunta Maite.

—Bastante —le respondo—. Es una inyección de progesterona por día, o de gonadotropina coriónica, creo, durante una semana. En general recomiendan ponerla en el estómago, cerca del ombligo. Hay que aprender a hacerlo o pedirle a alguien que te la inyecte. O incluso contratar a un enfermero o enfermera. Las inyecciones pueden hacer que se te inflen un poco las piernas, los brazos, incluso que te sientas acelerada, con taquicardia, o con un cansancio extremo.

—Un espanto.

—Es algo así como un acelerador de hormonas, un fertilizante para las plantas pero en líquido. Algo que va directo a la sangre sin hacer todo el recorrido digestivo, digamos. No hay tiempo que perder. Te hinchas como un mamut pero después estás llena de posibilidades. Y todas esas posibilidades se extraen una vez que te duermen con anestesia total.

–¿Total, total?

–Total. Y vos ahí, ni enterada, y tus óvulos se escapan de vos por un rato, para alivianarte las preocupaciones. Cuatro, cinco, seis. En el mejor de los casos un número de dos cifras, pero son pocos los óvulos que tienen las mujeres de nuestra edad.

–¿Estás dispuesta a gastar toda esa plata por tener un poco más de tiempo? –me pregunta Maite mientras abre un paquete de pepas de membrillo sin TACC y sin grasa animal.

–¿Tenemos otra opción?

–No hablamos de opciones.

–¿Vos te imaginás una criatura sentada y mareada acá atrás, mientras manejás por la ciudad o por las afueras? ¿Te imaginás ir hablándole con voz de mono para que se tranquilice y no se sienta sola? ¿Te imaginás todo ese tiempo apilado, que te concierna a vos sola, sin ninguna persona al lado, llamémosle padre, tutor o encargado, que te pueda ayudar o que haga algo parecido a paternar, con gentileza pero tan sutil como para no ahogarte? –me pregunta Maite.

–Sí, claro que sí –le respondo.

–Pero es carísimo.

–Es accesible.

–No sabía que ya habías pensado en todo esto.

No le respondo.

–No sabía que querías ser madre.

–Yo tampoco –le digo con la boca llena de harina sin TACC y con un poco de ganas de vomitar por el desenfreno de haber dicho algo significativo en plena ruta bonaerense. Maite y yo miramos hacia adelante. Nos quedamos en silencio. Es eso lo que deberíamos haber hecho desde que empezó este viaje. Silencio.

–No sé qué es. No soy yo –digo al rato–. Algo más grande que yo quiere. Es algo más. Y parece que tengo que hacerle caso.

Al rato estamos estacionadas al costado de la ruta, otra vez. No volvemos a hablar en lo que queda de viaje. Somos unas falsas Thelma y Louise, no tenemos estilo ni coraje, pero estamos sin hombres y huimos. Estamos atrapadas en ese orden universal que dice que debemos seguir llenando de personas los países, las ciudades, las comunas. Aunque alejarse se parezca a la libertad, esto parecería ser todo lo contrario.

Gallardo mea al costado de un santuario del Gauchito Gil. Mea en grandes cantidades. Perro ofensivo con las insignias populares. Maite le saca una fotografía mientras mea para subirla a las redes. Podría ser gracioso, pero nada de eso nos termina de sacar una sonrisa. Gallardo se acuesta en el pasto y abre la boca para ahuyentar a un dúo de moscas que intentan hacerle, al menos hoy, la vida imposible. Enciendo un cigarrillo de filtro blanco y trago el humo hasta donde puedo, que es poco.

Maite me pide una pitada y en ese vaivén de humo dejamos que llegue la tarde. Tosemos las dos, porque no estamos acostumbradas a ese tipo de agitaciones. La ruta es un ruido permanente, pero nada que pueda apagar el que tenemos en la cabeza. Por momentos se parecen. Por momentos se hacen compañía. Maite se agacha para besar al perro, que la recibe demasiado bien, le muestra la panza, le mueve la cola.

Maite lo acaricia, le dice cosas que se parecen al amor. El perro agradece. Es un intercambio sencillo. Maite se revuelca ahí, se pierde. Naufraga. Las moscas se multiplican, entonces.

14. FUERA DE CAMPO

El campo es una chacrita al costado de un camino que linda con Quequén. Es un rectángulo pequeño de tierra, perdido en la provincia de Buenos Aires, con el pasto seco y una hamaca de madera podrida por las lluvias que nadie se encargó de desalojar. Hay una pileta de tres metros de largo y uno y medio de profundidad. Al menos eso logro calcular mirándola desde arriba. El agua está verde y los mosquitos se funden ahí. Gallardo corre poco, como si fuera un perro de departamento, y después se ensaña con un gato tuerto. Le digo a Maite que no sé cómo reaccionará Gallardo ante la presencia de felinos pícaros y ella me responde que esos animales saben defenderse muy bien. Que quien corre peligro es el perro, no los gatos tuertos. Descargamos del Peugeot algunos bolsos y los elementos plásticos del mate listo Taragui de Maite. Esa asquerosidad. Tres gallinas flacas hacen qui, qui y un chico de alrededor de veinte pasa andando en bicicleta. Son cerca de las cuatro de la tarde ya y apenas comimos. Mi estómago parece enfermo igual que el paisaje que nos rodea. Le pregunto a Maite quién es el joven que pedalea.

–No sé cómo se llama. Siempre pasa por acá. Es mudo o maleducado. No tuve tiempo de averiguar cuál de las dos.

Entramos a la casa y hay olor a pis. Genaro tiene puesto un nebulizador en la trompa y mira un programa de baile y canto en la televisión. Maite saluda al padre con un beso en la mejilla. Yo hago lo mismo. Ese pedazo de piel parece un campo arado de pelos blancos duros y viejos. El olor también. Genaro tiene ochenta años y se cansa mucho al caminar. El corazón le late lento y cuando se ríe se le desboca, salta de la hipo a la hipertensión como un conejo animado. Genaro me mira sin reconocerme, y al instante se olvida de que yo estoy ahí.

–¿Te cambiaste, papá? –pregunta Maite.

El hombre no la oye y se frustra por eso. Esta coreografía de preguntar y responder se repetirá permanentemente entre ellos, como un tic nervioso.

Me suena el teléfono y la sensación de ser buscada por alguien me hace temblar. Cuando miro la pantalla descubro que es Felipe mandándome mensajes. Muchos mensajes. Uno detrás de otro. Caen como una lluvia torrencial. Me pregunta por el ventilador de techo, si no me molestaría que pase por casa a llevárselo, porque en la casa de su madre no alcanzan los ventiladores de techo y el calor es infernal. Hace énfasis en lo infernal del cambio climático. También me dice que si mi respuesta es negativa no hay problema, puede comprarse uno en cuotas, pero que últimamente anda un poco pobre. Que piense en él, en lo difícil que es para él este movimiento de haberse ido en términos económicos, los únicos términos que mencionará en la catarata de mensajes que siguen cayendo. La verdad es que esperaba que me escribiera alguna otra cosa. Que ese calor no fuera solo ambiental sino que tuviera que ver con algún tipo de pena, porque la distancia suele generar ese tipo de emociones. «Morite», le respondo, y apago el aparato.

Ahora mismo me interesa mucho saber si Genaro se cambió la ropa o no. A juzgar por el color de su suéter, diría que no. Descubro que Maite no está más en el living, entonces miro como la pareja que baila Axé Bahía transpira en la televisión. Genaro se ríe y su nebulizador provoca un eco de las cavernas. Por la mesa de la cocina desfilan centenares de moscas y la heladera hace un ruido que estoy segura de que esa noche no me dejará dormir.

¿El ventilador? Por el amor de Cristo. ¿Quién piensa en eso?

Maite vuelve con una remera con la insignia de un expresidente y se la pone a su padre, que, por un segundo, se queda con el torso desnudo. Ahí afuera Gallardo les gruñe a las gallinas flacas, que lo miran sin ningún interés. Lo llamo. El perro viene. Lo llamo, el perro viene. Lo llamo, el perro viene. Cosas que solamente pueden ocurrir con las mascotas y que no deberíamos naturalizar tanto.

Maite mira dentro de la heladera.

–Tenemos que descongelarlo, pero hay un pollo entero para los tres. ¿Qué les parece?

A mi única amiga en el mundo la idea de descongelar un animal muerto para compartirlo conmigo y con su padre repleto de olores le parece magnífica. Digo que sí con la cabeza y entro a la habitación. Todavía oigo a Axé Bahía, que llega desde lo lejos. Parece que a la pareja de baile la puntuaron bien, porque la audiencia aplaude.

Hay dos camas de una plaza y una mesa de luz en el medio. La mesa es de madera y está plagada de stickers de animales, de galanes de la televisión, de frases en inglés. La habitación no tiene ventanas, solo se puede airear dejando la puerta abierta. Me recuesto en la cama que está a la izquierda. Aunque hubiera jurado lo contrario, el colchón me contiene bien. Es tenso y liviano a la vez. Me tapo la vista con el brazo. Allá afuera hay unas gotas que caen de algún lugar, restos de alguna lluvia que no vimos. No se entiende por qué todos esos gatos tuertos que veo a través de la ventana siguen vivos. Estiro las piernas, intento alejarlas lo más posible. A veces parecieran ser las piernas de otra persona. A veces lo logro. Me duermo.

15.

Me acuestan con cuidado y urgencia, aunque suene contradictorio, en la parte trasera de una camioneta blanca. Esto sí es una ambulancia. La verdad es que nunca viajé dentro de una. Cuelgan cables, desfibriladores, sueros, férulas. Juguetes para la salud. El hombre rosado sigue mirándome a los ojos. Insiste en que me quede con él. Parece mi guardaespaldas o un romance futuro. No resisto el dolor de espalda. No sé si será la fiebre o el estado de shock, pero imagino que tres mosqueteros me clavan sus espadas una y otra vez y yo voy sangrando a chorros mientras este hombre habla con otras y otros que no llego a ver. Anotan cosas en papeles, libretas. Me auscultan. Me miran con horror. Me ponen una mascarilla de oxígeno y apenas puedo mover los ojos porque el cuello ortopédico es estricto, y de color verde o amarillo. No sé dónde habrán quedado mis piernas o mis pies.

¿Habrá alguien analizando esa zona de mi cuerpo? Ahí detrás de todos ellos me parece ver a la joven de quince, la pelilarga sobreviviente. Está dentro de la ambulancia conmigo. Sigue llorando pasmada: será la edad, pobre castañuela. No puedo hacer nada por ella si todavía no sé quién es. Apenas la veo, además, no logro girar el cuello. Veo amarillo como si todo estuviera teñido de bilirrubina ahora. Alguien que sabe le mira los ojos a la quinceañera y le coloca una gasa sobre una herida que tiene en la cabeza. Ella está temblando, creo. Cierro los ojos, me cansé de intentar ponerle atención a alguna cosa. La espalda me chorrea, mi culo es un ladrillo al rayo del sol. Me arde tanto. Nunca había sentido tanto dolor junto y tan desparramado. Es imposible entender cada síntoma. Oigo que la quinceañera me habla. Me pregunta si estoy bien, si estoy con ella, todavía, o con el hombre rosado. No entiendo qué estarán tramando. ¿Dónde habrá quedado mi auto? ¿Quién se hace cargo de la propiedad privada de una mujer que acaba de perder el cuerpo? Cuando se despeja un poco el ruido que hacen todos ellos, logro oír la radio del conductor: son clásicos de los ochenta, lo mismo que iba oyendo yo antes del ¿choque?, ¿arrollo?, ¿descuido? La canción que fue un hit a comienzos de los ochenta, cuando todavía yo no había nacido, dice: «Las palabras no me vienen fácil, ¿cómo puedo encontrar una manera de hacerte ver que te amo? Las palabras no me vienen fácil, esta es la única manera que tengo de decirte que te amo». Estrolada en una avenida de Buenos Aires, pienso, es la única manera de decirte. De hacerte saber.

99

16. LA GENTE JOVEN

Salgo al pasto seco y Genaro está tomando sol en una reposera oxidada. Me dice: «Buen día, nena», y le respondo con la mano en alto. Hace más de cuarenta grados en este lugar, solo puedo pensar en mojarme. Maite me alcanza un mate y nos quedamos silenciosas en la tranquera. Gallardo me saluda y mueve la cola, tres gatos y una gata lo rodean. Evidentemente entendió que en este lugar no hay nada que pueda hacer con el instinto.

–Le respondí a Manuel. Quedamos en encontrarnos el lunes a la noche, después del trabajo.

Le pregunto por qué hizo eso. Maite no me contesta. Está aprendiendo a usar el silencio, igual que yo. Me ceba otro mate. Me gusta su forma de cebar, bien al costado de la yerba, demasiado prolija como para arruinarlo.

–Estoy pensando en hablar con él. Decirle que no me parece bien que desaparezca así. No quiero quedar en evidencia pero la incertidumbre me desconsuela. Voy a decirle que estoy buscando un poco de estabilidad.

Le digo que me parece bien. Que el único *modus operandi* que queda en evidencia es el del hombre, sea Manuel o cualquier otro. La estrategia de esfumarse es un método tan primitivo que ya puede pegar la vuelta y transformarse en algo adorable. «Mirá lo que hace, ahora desaparece. Mirá lo que hace, ahí vuelve. Criatura del cielo, tan simple.» Maite se ríe y yo también.

—¿No querés ponerte la malla? Ya sé que la pileta es un asco pero al menos nos mojamos —dice Maite mientras se levanta y entra a la cocina de su casa.

En el baño me desnudo y soy puro hueso. Es que el apetito es lo primero que pierdo. ¿Quién piensa en pollo, en guiso, en ventiladores? Me peino apenas mi pubis rojo, ese punto final de mi cuerpo. Decido atarme el pelo porque suelto no me favorece. El espejo del baño está lleno de manchas de humedad y eso empeora el panorama. Mi malla es negra, no llamaría la atención de nadie, nunca, jamás. Tomo algunos chorros de agua de la canilla y salgo semidesnuda al campito seco. Genaro sigue ahí, tomando sol, y advierte sobre la vitamina D para el cuerpo. Yo creo que podría achicharrarse como una hojita de papel al fuego.

Maite ya está mojando las piernas en el agua verde. Se puso una malla entera con dibujos de pescaditos. Parece que quisiera mucho esa prenda de la infancia y no se hubiera podido desprender de ella, como un objeto de transición. Gallardo le lame la cara, el pelo. Maite lo deja hacer. Nos ponemos producto para mosquito porque somos carne de cañón.

—No te querés meter, ¿no?

Le digo que sí y ya estoy adentro del charco podrido. Genaro se acerca a nosotras diciendo cosas que no entiendo. Maite se levanta y camina hacia él. Seguro está desvariando. Me quedo sola en esta agua corta con olor a planta muerta. Acá dentro los mosquitos no llegan y el cuerpo se refresca por fin. Me ato el pelo en un rodete alto y es la primera vez que lo veo brillar. Eso me parece bien.

Tarareo una canción que me vino en sueños y oigo algunos pasos sobre el pasto seco. Me doy vuelta y veo que caminan hacia mí dos personas, uno es el chico de veinte que andaba en bicicleta cuando llegamos, y lo acompaña una chica jovencita y lacia, no chiquita, pero tampoco niña. Los dos fuman tabaco armado y me miran fijo. Hago de cuenta que no los veo y meto la cabeza debajo del agua. No tengo ganas de hablar con desconocidos. Gallardo les ladra y ellos le dicen: «Oh, oh». Puedo ver a los jóvenes mirándome desde afuera de la pileta. Me parece que me están hablando. Tendré que salir porque ya me cuesta respirar.

—Hola —dice el veinteañero.

Salgo y me sueno la nariz, elimino agua de los pulmones. Les respondo lo mismo y hay un silencio. Gallardo sigue ladrando porque no reconoce. El perro está histérico desde esta mañana, los espacios abiertos no son su integridad.

—Hola —dice ella, con una voz tan aguda que parece deformada.

—¿Querés fumar? —pregunta él.

Les respondo que bueno, gracias. Pregunto si es tabaco o marihuana porque la idea de drogarme sin consentimiento me da pavor.

–Es tabaco armado. Lo compramos en el kiosco de Maxi.

Agradezco y le doy una pitada. Se agacha a la pileta para acercarme el cigarrillo. Está húmedo. Será la saliva de ella, o será la de él.

–Me llamo Felipe y vivo en la casa de al lado. Ella es Lara, mi hermana menor.

–Hola Felipe, hola Lara –les digo.

–Estábamos aburridos y vimos que había gente joven al lado. Con el viejo no hablamos nunca porque no nos oye y tenemos que gritar –dice Felipe–. Solamente una vez vinimos a visitarlo porque estábamos muy aburridos. Nos cebó mate y se quemó la mano. Tuvimos que vendarlo con rollo de cocina.

Les digo que claro, y sonrío. No voy a salir de la pileta. No les daré el lujo de ver mi cuerpo, mis tetas envueltas en nylon vencido, y menos mis glúteos caídos en el blanco precipicio del infierno. Maite sale de la casa y nos descubre a los tres. Tengo vergüenza y no identifico por qué. Felipe acaricia al perro y Gallardo cede, aunque no del todo.

–A mi hermana no le gustan los perros.

–No, no me gustan –responde Lara.

–Mañana festejamos su cumpleaños de quince, ¿no querrán venir? Es en el fondo del kiosco de Maxi. Va a haber mesas con manteles, karaoke y pista de baile. Acá somos muy pocos. Si ustedes vienen, podría ser más divertido –dice Felipe.

Maite saluda con la mano y Felipe apenas la registra. Tiene la vista fijada en mí, que ahora me agarro del borde de la pileta podrida. Ya no aguanto el olor a agua estancada, pero no permitiré que estos adolescentes se compadezcan cuando vean en lo que me convertí.

—Papá se siente mal. Lo acosté un rato en la cama. Decía que alguien iba a venir a matarnos —dice Maite.

Felipe, Lara, Maite y yo nos quedamos en silencio.

—¿Cómo que a matarlos? —pregunta Felipe.

—No sé —responde Maite—. Es algo que dice muy seguido.

—Yo le estaba diciendo a la chica...

Le digo que me llamo Paulina, que si quiere puede decirme Paulina.

—Ah, bueno, le estaba diciendo a Paulina que las invitábamos mañana al cumpleaños de quince de mi hermana.

—Sí, mi cumpleaños. Me llamo Lara.

—Ya sé quién sos —responde Maite—. Los conozco desde que eran enanos pero nunca se acercaron a saludarme.

Felipe se ríe y le da una pitada eterna al tabaco, que se le apaga en el labio y lo quema.

—La reputa madre —se queja. Lara se ríe. Felipe la mira mal.

—Es en el fondo del kiosco de Maxi. Va a haber mesas con manteles y vamos a cocinar un lechón —nos cuenta Lara, y se lleva un mechón de pelo lacio, espeso y rubio detrás de la oreja.

—No sé qué vamos a hacer mañana –responde Maite, de nuevo sin ganas.

Yo les digo que gracias por la invitación, que seguramente nos demos una vuelta. Les pregunto si tienen que agregarnos a una lista o algo especial. Ellos dicen que sí, que nos anotarán como Maite y Paulina. Creo que está siendo irónico pero no estoy segura. Les digo que me parece bien. Felipe enseguida se arma otro tabaco y su hermana se me queda mirando. Identifico de nuevo esa mirada familiar y lasciva, como el mecánico hostil con su hijo de ojos verdes. Ya no hay nada más que hablar, pero sin embargo los adolescentes se quedan parados al lado de la pileta. A Maite se le está por escapar una teta entre los hilos de la malla con pescaditos. Miramos con disimulo pero es evidente que los tres esperamos ver qué pasará cuando ese pezón salga a la luz.

—Bueno, chicos, gracias por la invitación. Nosotras ahora tenemos que trabajar –dice Maite.

—Que les vaya bonito –dice Felipe y da media vuelta. Lara hace lo mismo.

Gallardo corre detrás de los hermanos hasta que los vemos desaparecer detrás de un árbol. Ahora sí me animo a salir del agua estancada. Tengo la piel como una lija, envuelta en una costra blanca de resequedad. Los mosquitos se vuelven a ensañar conmigo.

—Te dije que son maleducados –insiste Maite.

Le respondo que no me pareció, y que me da gracia que haya dicho que teníamos que trabajar. La invitación parecía sincera, podríamos ir mañana a pasar el rato.

Maite hace un gesto con los hombros. Desaprueba. Me dice:

—Vamos a almorzar en media hora. Voy a hacer fideos con manteca. El pollo me dio desconfianza.

Maite da media vuelta y se aleja caminando. Le miro la medialuna que le hace en la espalda la malla de pescaditos. Los tres lunares grandes que le dan cierta gracia. Maite me cuida como una madre. Maite quiere maternar a todo lo que se le ponga delante y alrededor. Pienso en los adolescentes. Felipe es un nombre común, pero también me sorprende la casualidad. El otro Felipe, al que conozco desnudo, ahora mismo debe estar besándose con una chica nueva porque eso hacen los señores. Ponen muy rápido la lengua en otra parte, entonces lo imagino con esa nueva persona envuelto en las sábanas que le habrá lavado su madre al llegar a la casa. Descubriendo a esa nueva mujer lo imagino, diciéndole cosas para hacerla sentir bien. Los imagino cogiendo por horas. Felipe dentro de otro cuerpo, lamiendo detrás de otras orejas, golpeando otro muslo.

De repente tengo una urgencia importante por meterme al baño de esta casa del olvido para manosear un rato el pubis rojo que me tocó en suerte. Pero no lo hago.

17. NO HAY NADIE

La habitación que compartimos con Maite está a oscuras. Son las once de la noche pero el sueño la desmayó, pobrecita. Puedo oír el motor de la heladera Siam del viejo Genaro, las gotas que caen ahí dentro, el poco gas que tiene el aparato, lo a punto que está de morir, igual que el viejo. La heladera y el padre de mi amiga están en el mismo carril, en la misma competencia. Descubro que Maite tiene problemas respiratorios, ronca mucho y en distintas tonalidades, entonces el sonido ambiente no coopera con ninguna relajación posible. El viejo se quedó dormido en el sillón del living porque tenía la presión baja y parece que en ese sector de la casa el calor amaina.

Desde la pantalla de mi celular puedo pispear la vida de las personas. Historias en redes me muestran que esos conocidos y conocidas todavía están despiertos. Beben cerveza artesana en esquinas de Capital o comen papas al horno envueltas en queso. Algunas chicas muestran sus escotes y algunos chicos sus motos, autos, sus medios de transporte. Pareciera que para ellos la tenencia de aparatos es un don erótico, así como para ellas la rayita que se les forma entre una teta y otra. Sigue haciendo casi cuarenta grados acá dentro, pero mirarles la vida a los demás me ayuda a olvidarme del clima o del tedio de los minutos. Entro a la red social para conocer hombres y paso rápido las fotografías de todos esos que están y no están allí. Que sus hobbies son escalar y cocinar, que podrían querer hijos, que son agnósticos, que solo buscan una mujer para pasar el rato, que son Escorpio con ascendente en Géminis pero que la luna en cáncer los vuelve seres sensibles, que no quieren conocer a una mujer que les hable de política, que ya tienen hijos y no quieren tener más, que buscan mujeres rubias pero no teñidas, que les gusta fumar un porro y mirar la luna. Todas esas definiciones que lo único que hacen es cerrar sentido. Ellos no son todo eso que dicen ser y yo no siento atracción por ninguna de sus declaraciones.

Gallardo está soñando ahí afuera, puedo oír bien nítido el ruido que genera su inconsciente de perro de dos ambientes. Es como una especie de llanto agudo, cuanto más agudo más pesadillesco, lo que probablemente esté proyectando su sueño. ¿Qué será tan grave para Gallardo? ¿De qué estarán hechas las pesadillas del perro? Vuelvo a la ventana de chat con Felipe y descubro que está en línea. No respondió a mi «Morite». No dijo nada. Bien podría haber dicho Okey, te hago caso, moriré. Pero no. Nada dijo. No le importo, claro que no le importo. Abro la web otra vez, voy a navegar por siempre esta noche, ahí. Voy a fingir importancia. Chateo con chicas, con chicos, o vaya a saber qué. Las salas de chat están hechas para mentir. Quien diga la verdad tendrá problemas con la literalidad. Me dicen «Te amo, te chupo toda, vení a casa», me mandan sus direcciones de correo electrónico, las direcciones de sus casas. Sus identidades falsas son adjetivos (divina) o nombres de animales (yegua) más números o códigos (2017x). Me mandan fotos de sus cuerpos, sus tetas, sus culos, sus genitales. Me preguntan si me gusta, todo el tiempo quieren mi aprobación. Les digo que sí a todos y a cada uno. Apruebo todas las desnudeces, apruebo el anonimato. Cierro la ventana de chat porque me asfixio. Pareciera que ahí dentro todos están gritando. Nadie respeta las horas de sueño. La poca luz. Abro el sitio de videos. Mi sitio favorito. Mi compañero. Hay muchos videos para elegir también. Esto es como un maxikiosco veinticuatro horas. Puede que todo me guste, puede que quiera todo, pero solamente podré elegir uno porque no puedo hacer mucho ruido acá. En esta casita del bien todos duermen y yo soy una gran falta de respeto.

Una chica de mediana edad está vestida de novia. Lleva una cofia blanca y un vestido grueso que le cae a los costados, un ramo de rosas blancas en las manos, las uñas hechas, francesitas, el pelo batido para atrás. La imagen tiene una textura como si hubiese pasado de analógico a digital. Un pase sin éxito. Algo difícil de mirar. La chica mira por la ventanilla con ansiedad. Este es el día que tanto esperó: ¡se va a casar con un hombre que vino y se lo propuso, enhorabuena!

Sentado al lado de ella viaja su padrastro, que tiene algo así como cincuenta. También viste de gala, con una rosa de plástico que le asoma del ojal y un gesto arrugado. Él cada tanto mira a la chica y le dice alguna cosa que no logro oír. Subo el volumen de la computadora pero es inútil, el video es de la generación de los ochentas y el inglés no es mi fuerte. El hombre del video habla más serio ahora, y Maite se mueve en la cama generando un ronquido aún peor.

Por el amor de Cristo, cualquiera tendría insomnio en mi situación.

La futura novia ahora mira al padrastro también preocupada y decide sentarse encima de él. El hombre la mira con sorpresa: «Oh, Kate, ¿qué haces?», creo que le dice, y Kate sonríe pícara y mira a cámara. Se baja el bretel del vestido de novia y deja que el padrastro ponga su cara toda ahí. Le huele el cuello, los huesos duros que se le reúnen alrededor como un collar extraño, le corre el pelo para poder avanzar hacia el pecho. La futura novia ya no está radiante, ahora parece que sufriera pero con cierto gusto. Ahí está, el goce viene del dolor también. De generar una situación confusa de la que ninguno de los dos, ni novia ni padrastro, saldrá airoso. Maite ahora se giró para mi lado, es difícil poder trabajar en mi pubis rojo teniendo la vista de mi amiga tan pronta. Abandono. Me levanto de la cama de un salto y camino hacia la cocina. Me calzo como puedo las zapatillas porque Genaro dijo: «Si abrís la heladera descalza te da una

descarga y quedás seca como un bicho de parabrisas».
Me gustó que lo dijera así. Encuentro medio huevo
duro en la heladera. ¿Quién guarda medio huevo?
¿Apagué el video? Ya no recuerdo. Me siento en la
cocina a oscuras. Entra apenas un rayo de luz de luna
en esta casita chacra. Me pregunto si podría vivir así, en
el medio de la nada, no teniendo nada adentro de mí
tampoco. Un páramo silencioso, tan parecido el exterior al interior. El puntapié a la locura.

Pasa alrededor de media hora hasta que oigo que
Gallardo ladra: no entiendo qué lo habrá despertado.
Me asomo a la ventana de la cocina del viejo y veo
unas figuras que se mueven ahí al fondo, ¿los vecinos
que regresan de tomar cerveza? ¿De vivir la vida? Es
viernes a la noche, algo así tendría sentido. Pero no.
Las figuras están más cerca de lo que esperaría. No
identifico quiénes son pero son alguien, no son bichos,
son personas. Gallardo ladra frenético y la saliva se le
multiplica al costado de la boca. Que alguien se apiade
del corazón de este perro, tan poco acostumbrado al
sobresalto y al deber de protección del amo. Las figuras
son petisas y se acercan a la casa del viejo. ¿Aliens? Gallardo no se anima a ir hacia allá, es evidente. Tiene
miedo.

Corro hacia la habitación y descubro que Maite
sigue igual de dormida que antes. Está inconsciente,
habrá sido el Zolpidem que le da Nely, su psiquiatra.
Vuelvo a la ventana y las figuras están paradas al costado de la piscina podrida. Tienen celulares con luz y
pareciera que desprenden una música que se oye leja-
na y rota, como un reggaeton neutral. Fuman cigarri-

llos que se les queman en las manos. Miran hacia acá, no me ven pero yo sí los veo. Al perro le falta aire, intenta reponerse. Lara y Felipe le hacen ¡chh! para que se calle pero es inútil. Eso hace que Gallardo ladre más. Lara y su hermano vinieron hasta acá para quedarse parados mirando al interior de la casa, esperando que estuviéramos despiertas. Y yo estoy pero no saldré, ni loca, ni muerta, no les daré el gusto de verme así, con este short de lino y flores, tan venida a menos con esta remera de Aerosmith. Gallardo se calma porque nota que los adolescentes no avanzarán más que eso. Escuchan canciones de moda que no logro distinguir y miran para adentro de la casa, seguro dirán: qué pena, o qué aburridas, o qué ganas de matarlas. Vuelvo a la cama, los voy a dejar allí, imaginando cosas acerca de mí. Siento que a alguien le genero curiosidad: me reconforta. No parecen peligrosos, ya se aburrirán. Cuando agarro de nuevo la computadora descubro que el video siguió todo este tiempo. No lo apagué, qué descuido. Si Maite se hubiera despertado habría descubierto a la pareja desnuda cabalgándose entre sí. Pero no. La medicación todo lo puede. Ahora la futura novia se está vistiendo otra vez, el padrastro la mira con pena subiéndose el cierre del pantalón. «Oh, Kate, ¿qué hemos hecho?», debe estar diciendo él. Y ella le debe responder: «Nada, David, solo olvidalo, ¿querés?».

18. FELICES 15

El kiosco de Maxi está pelado. Solamente llego a
ver tres marcas de chocolate en barra y cinco de alfajo-
res. Algunos chicles Beldent de menta. Coca-Cola y Se-
ven Up, agua saborizada de pera, agua mineral con gas
y sin gas. Un puesto de panchos venido a menos. Fin.
Desde atrás del mostrador del kiosco, Maite y yo logra-
mos ver apenas unas luces de colores que vienen desde
adentro y oímos un sonido tan fuerte que nos retumba
en el pecho, como de parlantes demasiado exigidos.

–Esto parece el principio de una mala película de
terror –me dice Maite–. Volvamos.

Está arrepentida desde el primer momento. La
idea de una fiesta de quince de personas desconocidas
le parece un espanto. La persuadí diciéndole que quizás podría conocer a algún hombre. «¿Qué hombre?»,
me dijo. «No sé», le respondí y la convencí. Se pintó
los labios de morado, se puso una pollera larga hasta
el suelo que le marca las caderas y se ató altos los rulos de mujer sana que tiene. Está realmente hermosa.

Genaro se quedó dormido mirando un programa de turismo especializado en recorridas de catedrales de la provincia de Buenos Aires. Yo también me arreglé pero apenas. El pelo me lo dejé suelto igual que siempre, me puse un jean con apliques de brillantina y un par de zapatos con taco chino que eran de Maite adolescente. Prendas que no hubiera usado nunca jamás: eso es arreglarse.

Avanzamos bajo un camino de árboles oscuros. Le pregunto a Maite si volvió a tener novedades del visitador médico y me responde que no. No quiere seguir hablando del tema. Cantamos al unísono una canción del pasado y eso nos une. Al rato ya estamos en la entrada de un maxikiosco de cartel pintado a mano con una pancarta que grita con ansiedad ¡FELICES 15, LARITA!

Un chico de veintes atraviesa la cortina de plástico que divide el comercio del patio de atrás y nos saluda con un beso en la mejilla. Es jovial, acorde a su edad, y está vestido de traje. Todavía tiene el pelo mojado de la ducha y huele a desodorante pasajero.

–Chicas, ¿vienen al cumple de la gorda? –nos pregunta.

Nosotras le respondemos que venimos al cumpleaños de Lara. Que no conocemos a nadie.

–Sí, la gorda, le decimos nosotros.

El chico saca un cuaderno de una estantería y busca nuestros nombres en una lista hecha a mano. No los encuentra pero igual nos invita a pasar.

–¿Seguro? –pregunta Maite, buscando una excusa para volver a casa y dormir.

–Sí, seguro. Pasen, chicas.

Atravesamos despacio un pasillo techado con algunas plantas en maceta. Maite tiene calor, ya se sacó la campera de cuero. También le pesa caminar con los tacos que se puso, y se le corrieron las medias. No le respondo nada. Me gusta estar acá, me genera una curiosidad que no sentía hacía mucho tiempo. Prefiero el rejunte de extraños a las ocho horas de oficina al calor de la fotocopiadora. Maite se calla. La música es cada vez más protagonista. Las canciones hablan de mujeres enamoradas, de hombres que las llaman y ellas no responden, de chicas desesperadas corriendo por la calle buscando a esos hombres. Todo un cúmulo de fraseo heterosexual y sugerente sobre desnudos, camas, olores. El patio es mediano y está plagado de guirnaldas que dicen LARA 15 en color anaranjado. Unas plumas naranjas adornan los centros de las mesas redondas envueltas en manteles blancos. A lo lejos, podemos ver que dos mesas ya están repletas de invitados de la tercera edad que beben vino blanco en copas de vidrio y miran a su alrededor, moviendo las cabezas al ritmo molesto de la música. Una foto a escala real muestra a Lara apoyada con los dos brazos sobre el tronco de un ombú. Mira a cámara con los ojos entornados y tuerce la cadera para agregarse edad. Un jean y una remerita ajustada la ayudan a verse más grande también, o al menos creo que los cumpleaños de quince casi siempre sugieren eso. Volver adulta en un instante a una chica que hace poco entendió que puede viajar sola por calles y ciudades. Que algún día podrá decidirlo y hacerlo.

Maite me invita a sentarme en una mesa vacía y ahí vamos. Un grupo de adolescentes de quince años bebe Coca-Cola de vasos de plástico. Se tiran del pelo, se miran entre sí, bailan apenas –lo que les permite la timidez– las canciones sobre sexo y procreación. Hay un dj también, tatuado hasta la oreja y teñido de azul. Trae puesta la remera del nueve de Boca Juniors. Cada tanto mira a nuestra mesa porque somos las únicas mujeres que tenemos su misma edad. Tan animal el registro del otro, tan de pirámide trófica. Una chica disfrazada de camarera, con una trenza que le llega a la mitad de la espalda, nos ofrece unas copas de vino blanco y decimos que sí porque vemos que no hay otra opción.

–Detesto el vino blanco –dice Maite mientras se levanta para ir al baño.

Yo no lo detesto tanto pero entiendo su incomodidad. La camarera se retira con una sonrisa en la cara. Debe ser la prima, la amiga, la hermana de Lara. El dj pone otra canción de moda y las adolescentes pegan gritos, organizan una coreografía que las hace moverse de la misma forma, como un ejército que se prepara para dar el puntazo definitivo. Un dolor de cabeza me sube desde el cuello hasta la punta del cerebro, un golpe cervical. Mirar a los adolescentes me ayuda a pensar en otra cosa. Pasado mañana regreso a la ciudad y la ciudad es Felipe viajando en su auto azul, comprando en el supermercado, yendo a correr, duchándose, hablando con Gallardo. Eso es la ciudad para mí.

A lo lejos veo que el Felipe joven ya me descubrió y camina hacia mí. Parece que ya estuviera borracho porque camina torcido, como si alguien hubiera tumbado el mapa. Sonríe mientras se acerca, achina los ojos. Al lado suyo camina otro chico de su misma edad. Los dos visten de saco y corbata y se alborotaron el pelo a propósito para parecerse a los galanes de una película antigua o a los protagonistas de un programa de televisión.

–Hola, preciosa –me dice Felipe–. Te presento a Maxi, es el dueño del kiosco. El kiosco de Maxi.

Me extraña que me diga «preciosa» con esa soltura. Yo no podría decirle precioso. Le digo que me llamo Paulina, no preciosa. Los dos se ríen. No era la idea. Maxi me extiende la mano. Tiene acné y cachetes rojos, es como el cliché del personaje sabiondo de un programa de dibujos animados. Le faltan los lentes de aumento.

–¿Paulina cuánto? –me pregunta Maxi.

Le miento que mi apellido es difícil y que no hace falta decirlo. Los felicito por la organización de la fiesta y les pregunto por Lara.

–Va a hacer una entrada como hacen todas las quinceañeras. Supongo que dentro de media hora –me dice Felipe, y se aleja, otra vez tumbado hacia el costado en una caminata imposible. Maxi se me queda mirando y yo miro para abajo. Hago de cuenta que me acomodo el taco chino. No camino cómoda con eso. En ese instante Maite vuelve del baño y se sienta de nuevo en su silla. Le pide a la moza otra copa de vino blanco.

–Está picado –nos cuenta.

Le presento a Maxi, el dueño del kiosco, el kiosco de Maxi. Maite lo saluda con un beso en la mejilla y Maxi igual.

–Te conozco –le dice Maxi–. Sos la hija de Genaro Sadler. ¿Cómo está? –le pregunta.

–Ah, claro. Yo también te conozco. Es que no vengo muy seguido por acá –responde Maite–. Está muy bien. Lo dejamos dormido.

–Claro, duerme mucho porque es grande.

–Sí –dice Maite–. La gente grande duerme mucho.

–Sí.

Bien podríamos estar hablando de un bebé, pero todo lo contrario. Los tres nos quedamos en silencio. El dj nos hace una señal con las manos, sobre todo a Maxi, que le responde guiñándole los ojos como terrateniente que hubiera ganado algo. A mí eso me incomoda, no somos pertenencia ni correspondencia, solamente estamos sentadas un rato en esta piñata que armaron acá atrás. Le pregunto a Maxi que por qué se guiñan los ojos con el dj y Maxi me mira incómodo. Maite también.

–Nada, porque la estamos pasando bien.

Me llevo un sorbo de vino a la boca, tan cansada de entender eso que hacen y no reconocen. Maite y Maxi se funden en una conversación que no llego a oír y en un momento dado una canción que me gusta mucho y está en inglés tiñe el patio del maxikiosco. Las luces generales las apaga un señor de traje gris e instantáneamente se encienden unos caireles de colores dirigidos desde detrás de una de las mesas. Esa

118

es la entrada de Lara a su fiesta de quince. El músico canta apesadumbrado una balada melancólica y, detrás del efecto de una máquina de humo, apenas podemos ver los brazos de Lara, que hacen un movimiento como de mariposa o de mosca. Camina lento para dar la sensación de una pasarela muy larga. Finalmente la podemos ver de cuerpo entero. Sospecho que son su madre y su padre quienes la esperan al final de ese caminito. Los dos lloran y yo no entiendo bien por qué, pero yo también querría llorar. Sospecho que la mezcla de humo, balada y vestido genera en ellos algo único. Lara parece mucho más grande de la edad que tiene, pero aun así también lagrimea y se quita los restos de lágrimas con rapidez. Evita lo máximo que puede que se le corra el maquillaje. Lleva puesto un vestido verde agua hasta el suelo, con unos apliques de brillos verdes que le sostienen un peinado fuerte y batido bien alto. Saluda con las manos como si fuera una Miss Universo muy nueva en el barrio y los invitados e invitadas se levantan de sus mesas y aplauden. Todo está perfectamente cronometrado. Maite hace lo mismo, también aplaude, tentada de la risa por algo que le dijo Maxi al oído. Lara camina hacia el centro del patio y sus familiares la acompañan. La canción desaparece en un corte a cuchilla y arranca el vals. A todos les divierte tanto esa parte. En ese instante, a mí me baja un poco la presión por el calor que genera la máquina de humo y la ansiedad de la llegada de la cumpleañera. Me siento en mi silla otra vez, me abanico con una servilleta. Respiro hondo.

Sin querer me doy cuenta de que yo también estaba esperando desesperadamente la entrada de Lara. No la conozco, pero la esperaba. Ella se abraza fuerte con el padre y baila con los ojos cerrados. Hombres y mujeres hacen lo mismo. Se sienten de otra época, el vals los transporta al Medioevo. Lara es compartida con todos los hombres de la fiesta porque de eso se trata este ritual, de introducir a la nueva mujer en el mundo de los hombres. Es chiquita pero parece más grande. Además, Lara es tan lindo nombre. Un camarógrafo intenta sumarse al baile y registra todo lo que puede. En un momento me enfoca a mí, que realmente no lo esperaba. Hago fuck you a la cámara y me río. Maite me reta y Maxi se involucra en una discusión que no es suya. Ahora el camarógrafo conversa con la madre de Lara, que pareciera darle órdenes. Cuando es el turno de bailar con su hermano, algo en la cara de Lara cambia. No logro especificar qué es. Felipe se ríe permanentemente mientras le habla a la cámara y después le levanta el vestido a su hermana. Lara tiene ganas de llorar, no la conozco pero lo sé. Felipe la suelta intempestivamente, le dice que es una malcriada. La madre de los dos se ríe de la situación también. Lara huye entre la gente, se rodea de sus amigas, que la ayudan a pensar en otra cosa. El vals sigue sonando, ahora sin Lara. Los invitados del cumpleaños no entienden mucho qué pasa pero bailan hasta que alguien ponga stop.

19.

La camioneta blanca se detiene entre semáforos. Eso es algo poco común, sobre todo cuando está en riesgo la vida de una persona. Evidentemente hay mucho tránsito a esta hora, en esta ciudad. El hombre rosado le exige al conductor que se apure y el conductor le responde maldiciéndolo sin fin. Apenas siento el cuerpo ahora, y el hombre rosado dice: no, no. Así dice. ¿Desde cuándo está tan comprometido con pacientes que ni conoce? Le debo hacer acordar a su madre, a su abuela, a alguna hermana que lo habrá querido mucho en la infancia. Este viaje se hizo tan extenso ya. La quinceañera pide verme de cerca y los paramédicos se lo impiden. Que se quede quieta, que la cabeza, que se debe recomponer, que intente dejar de llorar un rato porque eso le exige mucho al sistema coronario. Cierro los ojos, no hay nada más que pueda hacer. Ahí dentro se me mezclan imágenes que vienen de ningún lugar, como un mal sueño, por ejemplo: una mujer pasa caminando con un perro enorme a upa y sonríe, un nene patea una pelota de fútbol que viene directamente a mi cara, un globo suelto en el aire en el medio de una gran ciudad, un gato maúlla tan agudo que lastima los tímpanos de cualquiera que se le acerque, una mujer conoce la nieve por primera vez y enloquece de felicidad, el olor de un cuerpo que permanece sin vida por más de cuarenta y ocho horas dentro de un auto, con este calor, en Parque Chacabuco.

La camioneta sigue su camino.

20. ALGUIEN EN EL MUNDO

Los invitados del cumpleaños vuelven a sus mesas y tres chicas disfrazadas de mozas traen unos platos con patys y ensalada. Maite ya está ebria y me cuenta una anécdota que conozco de memoria. No la escucho. Después le habla a Maxi acerca de Manuel, el hombre que conoció en la estación de Retiro y parece un viajero eterno. Mi paty es finito y sin gracia, así que le unto mayonesa, ketchup y mostaza. Abro la boca como un mamut entrenado y mastico así, pensando en las terribles ganas que tenía de comer comida descuidada. Maite no come porque no hay opciones veganas, pero ahora pareciera no molestarle. Sigue riéndose de los chistes más elementales que podría haber oído. Ahora le cuenta a Maxi sobre el visitador médico y sobre sus hijos adolescentes. Sobre lo poco conveniente que es salir con hombres de más de cincuenta años, esos que ya vivieron todo. Pero también sobre la complejidad de los hombres de treinta, que todavía no vivieron nada. Sobre la falta de empatía y la falta de tacto. Maxi no entiende mucho esto último.

Ahora bajan las luces del patio y en una pantalla que se alza sobre un paredón comienza un sinfín de fotografías de Lara desde bebé hasta esta parte. Una música acompaña. La madre llora, el padre ríe, o se alternan entre esas dos emociones que en definitiva parecen ser la misma. Podemos ver a Lara de meses con rulos y pañal, fingiendo hacer una llamada telefónica, Lara un poco más grande en un teleférico en la nieve, Lara disfrazada de dinosaurio, Lara abrazada a su hermano Felipe, Lara caminando por una pasarela improvisada en una plaza, fingiendo ser modelo. El sinfín termina con la misma foto a escala real que imprimieron para decorar el salón, donde se puede ver a Lara apoyada en el tronco de un ombú con una mirada pecaminosa.

Pienso en Felipe y en el futuro con Felipe, o en el futuro sin él. Las fotos de la vida entera de Lara llegan cuando estoy profundamente sola y acá, en esta localidad que linda con Necochea, detrás de un kiosco, sentada a una mesa de plástico, comiendo carne procesada, rodeada de familiares ajenos, en el cumpleaños de una desconocida.

Termino mi paty y me doy cuenta de que estoy demasiado para adentro. Que tarareo la canción que suena como un acto reflejo. Entre mis ideas y las fotos de la adolescente, algo se me mezcla y me revuelve el estómago. No entiendo qué es. Me levanto de la silla y veo al dj que me mira a los ojos. Yo miro para abajo. No quiero hacer ningún contacto.

Realmente no hay nada ni nadie que pueda encontrar acá.

Agarro mi teléfono celular para ver si logro volver a esta realidad y noto que Felipe nunca respondió mi mensaje. Busco una canción en YouTube que me hace pensar en él y se la mando. El impulso es idiota, pero ahí va. Mientras estoy guardando el teléfono en la cartera otra vez, veo que al lado mío hay una chica disfrazada de princesa verde. Es Lara. No entiendo en qué momento se cambió la ropa, pero sigue de verde. Tiene los ojos recubiertos de brillantina y el pelo engominado en la frente. Todo le queda lindo.

–¿Qué hacías? –me pregunta.

Le digo que no mucho. Estaba mirando el teléfono, eso que hacen las personas cada dos, tres, cuatro minutos. Lara se ríe.

–Sos graciosa, vos. Y tenés nombre de vieja.

–¿Paulina, de vieja?

–Sí, Paulina de vieja.

Le digo que mi nombre me lo puso mi madre, que era de una tía abuela que vivió muchísimos años y que nunca conocí. A Lara eso ya no le interesa, a mí mucho tampoco. Me propone que nos saquemos una foto juntas para el recuerdo de su gran fiesta y le digo que sí. Lara llama al fotógrafo contratado que anda dando vueltas por ahí. Nos paramos al costado de la mesa y nos miramos los tres. El fotógrafo nos da algunas indicaciones. Me acerco a ella –nunca había estado tan cerca– con mi cara de eterna víctima del mundo real, y me acomodo el flequillo. Lara tiene fuerza, me abraza el cuello como si fuéramos íntimas y me obliga a sonreír a cámara. Le hago caso. El fotógrafo se aleja y Lara se me queda mirando.

—¿Vos sos vieja o sos joven?

No sé qué contestarle. Le digo que ninguna de las dos.

—¿Tenés hijos? ¿Hijas?

Le digo que ninguno de los dos.

—¿Por qué?

Pienso decirle que porque Felipe nunca quiso acabar adentro pero sería irrespetuoso, y le respondo que no tengo idea. Que me gustan los bebés, le digo, que hice de niñera muchos años hasta establecerme en la oficina de seguros en la que trabajo de lunes a viernes, ocho horas, en Microcentro.

—¿Te gusta tu trabajo?

Lara es como un punzón. En menos de diez minutos eyecta las preguntas que más podrían herirme durante el resto de los días.

—Te lo pregunto porque parecés una persona apagada que tiene ganas de divertirse pero no se anima. Me voy a sacar fotos con mis amigas de hockey. Chau.

Lara se aleja con su actitud de princesa de Disney mezclada con bruja sabia de otro continente. Por algún motivo, el exceso de confianza y el aluvión de preguntas no me molesta. Eso me alegra.

Perdí de vista a Maite hace media hora. Ya no hay nada que pueda hacer. Agarro mi bolso de mano, mi campera de jean y camino hasta el interior del kiosco. Busco la pantalla de mi celular, otra vez, y encuentro que Felipe no respondió a mi canción tampoco. Camino hacia la salida. Detrás de la heladera de las gaseosas, Maite y Maxi se comparten la saliva en un beso exagerado. Les saco una foto. Me guardo el teléfono, sé que voy a reírme mucho de esto mañana.

Cuando estoy saliendo, noto que la calle está muy oscura. El alumbrado público de esta zona de Quequén cuenta con apenas unos faroles. Tanto no me preocupa porque considero que estoy apta para ver bien en la oscuridad. Es una especie de atributo. Decido alejarme despacio, con la esperanza de que Maite me alcance pronto. Estoy apenas mareada y moverme un poco me hará bien.

Al instante noto que alguien camina detrás de mí a una distancia que me hace dudar. No está cerca, pero tampoco está tan lejos. No quiero girar la cabeza para no hacer contacto visual, entonces me miro apenas los zapatos. Qué feos que son. Siento el roce de los zapatos de la persona que viene detrás con la tierra o la arena del suelo. Detengo el paso. La persona también. Parece que estuviéramos haciendo una coreografía pero no. Decido seguir mi camino. La persona también. Somos como una canilla que gotea. Pac, pac, pac.

Entonces me doy vuelta y veo a Felipe, el joven, fumando un tabaco armado otra vez. Me pregunto qué será de la vida de esos pulmones. Que sea él quien camina detrás de mí me tranquiliza. Es una de las caras más conocidas de este lugar.

—¿Ya te vas? —me pregunta, entre mareado y derretido por el calor.

Le digo que sí. Que me cansé, que ya estoy grande para estas cosas.

–Qué aburrida –me dice, y sonríe.

Le respondo que puede ser, le pido disculpas y sigo mi camino. Él no se aparta, al contrario, sigue conmigo.

–Ahora íbamos a descorchar el fernet. Aunque el fernet no lleva corcho. Tu amiga la está pasando muy bien –me dice, y vuelve a reír. Todo le parece hilarante. Le digo que lo sé y que me alegro por ella, pero que ya tengo treinta y cinco años y mi mente quiere dormir.

–Parecés de menos –me dice.

Felipe se acerca a mí como un gusano. Me ofrece otra vez tabaco y le digo que no.

–¿Querés que te acompañe?

De vuelta le digo que no hace falta, que conozco el camino. Son aproximadamente cinco cuadras de ciudad y tengo una destreza particular para ver en lo oscuro. A Felipe mi respuesta no lo convence. Me mira fijo. Tiene la piel lisa y tirante como un muñeco perpetuo.

–Qué linda estaba tu hermana –le comento.

–Sí, estaba bien. Pero es insoportable, mi hermana. Seguro tiene algo de que quejarse. Va a terminar llorando, vas a ver, es como los bebés. La está pasando bien y siempre termina llorando.

Noto que tiene un fastidio exagerado contra Lara y prefiero no seguir hablando del tema.

–¿Vos viniste por mi hermana o por mí? –me pregunta.

No sé qué contestarle. Me sorprende su tono desafiante. Le digo que no vine por ninguno de los dos. Que vine por mí, para entretenerme con algo. Que los domingos me pesan en la nuca, le digo. Otra vez, creo, me mira y vuelve a no entenderme. Entonces se acerca, como si alguien le hubiese bajado el volumen o lo hubiera realentado. Se acerca despacio porque está mareado y porque trae intenciones. No termino de entender cuáles. Se acerca y puedo verlo más nítido. Es tan joven como lo muy joven. Podría ser un ídolo adolescente, un póster pegado en alguna pared. Tiene la piel lisa como una superficie recién pintada. Me impresiona. Se acerca con un gesto que me asusta o que no entiendo bien, y si no entiendo bien, me asusta. Me pone la boca cerca de la cara y yo respiro ahí, huelo menta y tabaco, Beldent y Marlboro. Le digo que no nos vamos a besar. Me pregunta por qué y me agarra la cintura con fuerza hasta apoyarme sobre el tronco de un árbol ahí nomás, al costado del camino. Quedamos fuera del rango de la luz del farol. Estamos casi a oscuras. Le digo que no está bien eso, que debería volver a la fiesta de su hermana, que seguro lo están esperando. Apenas puedo oír que el dj anuncia la ceremonia de entrega de quince velas conmemorativas para cada familiar. Felipe insiste, me corre el pelo de la cara y me agarra el cuello con más fuerza. Esto es Felipe. Todo esto pasa con demasiada velocidad. Esto no me gusta y no me gusta y no me gusta y me doy cuenta de que ya no puedo nombrar. Dije que no más de diez veces y la fuerza suya duplicó la mía ya. Lejos, puedo oír un lobo aullando por primera vez, o acaso será un perro muy abandonado. Debe ser cachorro y debe querer comer. Felipe ahora me corre para que no quedemos visibles, para que el árbol nos tape. Todavía estamos casi enfrente del kiosco de Maxi y yo perdí el movimiento. No estoy pudiendo respirar, creo, siento un agujero en el pecho y en la mirada.

—¿Ves que querías en realidad? —me dice.

Después me pasa la lengua por toda la cara y descubro que me largo a llorar. No entiendo cómo porque no envié la señal. No percibo angustia ni tristeza, la verdad es que no percibo nada. Dentro de mí hay una cámara anecoica, carente de sonido y sensación. La lágrima cae y se triplica sin que yo pueda hacer nada al respecto.

Felipe me mete la mano debajo de la camiseta negra que me prestó Maite para estar apenas arreglada esta noche de fiesta. Busca ahí, encuentra el corpiño y lo desprende. Mi cara es una canilla abierta.

—¿Por qué llorás? ¿Ya te enamoraste?

Corro la cara de nuevo y Felipe me manosea debajo del corpiño. Ahora me agarra con una fuerza que desconozco, es un pulpo ultramarino. Creo que podría hacerme lo que quisiera, yo ya no podría reaccionar. Me acuerdo de eso que me contó mi mamá una vez, sobre esa mujer que tenía tanto tanto miedo que se quedó muda. Que así llegó a la guardia de un hospital. Que a los días recuperó el habla y lo único que podía decir era: no. A todo que no, una negación absurda y definitiva.

Yo no puedo decir nada y la cabeza me late. Apenas logro darme vuelta y Felipe me mete la mano dentro del pantalón; ahora me estira la bombacha.

—Usás puntilla, como alguien de tu edad.

Oigo la risa de Maite desde lejos viniendo hacia acá. El adolescente me abraza como si todo esto fuera consentido. Creo que sigo llorando, y de repente, de la nada, sin enviar ninguna señal tampoco, pego un alarido fuerte y agudo. Pienso en Felipe desnudo, sentado al lado de una chica que le dice algo con cariño, pienso en las veces que le conté con ilusión que creía estar embarazada y él se quedó mirando un punto fijo en la pared, pienso en nuestro primer viaje de larga distancia, nuestro primer ascensor sellado, nuestro primer incendio, nuestro miedo a los tiburones, pienso en él bajo la ducha de mi departamento, pienso en mí desnudándome para adherirme a ese ritual, pienso en el olor a café y la radio que dice veintiún grados de sensación térmica en Buenos Aires, en sus glorias en el fútbol, pienso en las veces que nos dijimos que no, la vez que nos dijimos que no, en el último no, pienso.

Sigo gritando agudo y firme, podría romperme los tímpanos y rompérselos a todos los que estén medianamente cerca. Maite viene a buscarme. Llega corriendo con Maxi, que va detrás y me mira a la cara. Mira a Felipe, que se tapa los oídos. No entiende bien.

—Se puso a gritar sola. Está totalmente loca. Pobre mina —dice Felipe mientras se aleja corriendo de vuelta al kiosco de Maxi.

Yo sigo gritando. No puedo dejar de gritar. Me agacho en el piso y todavía siento la saliva del adolescente pegada en la cara y en el cuello. Maite me pide que me calle. La mezcla de olor a menta y tabaco me sacude unas ganas inmensas de vomitar. Maite me abraza y me dice que me quede quieta, que me voy a lastimar la garganta, por favor. Que vendrán todos a mirar y nadie quiere eso. Yo sigo gritando y llorando, alterno entre esos dos estados como si fuera compuerta. Maxi me mira sorprendido y seguro piensa qué loca que está esta mujer, qué locas que están todas. Se prende un cigarrillo y sonríe de costado. El espectáculo le parece digno, quiere quedarse con cada detalle para replicar.

–Paulina, ¿me escuchás? Paulina. –Maite insiste.

Me hago un bollo en el suelo, sobre el pasto. No quiero pensar pero mi cabeza es una bomba de recuerdos, de malos olores, de putrefacción, de transpiración, de total y absoluto asco. Vomito el paty con mayonesa, ketchup y mostaza. Todo es una gran pasta naranja que cae en cámara lenta sobre el césped seco. Un perro sale de ningún lugar y se acerca a olfatearlo.

De detrás del kiosco viene la voz de Lara que dice: «La tercera vela es para mi tía Mónica, por haberme llevado a la escuela todos los jueves cuando papá tenía que salir para el criadero».

Maite me sostiene la frente y yo sigo vomitando, como si fuera una mismísima embarazada o una mujer a la que manosearon demasiado y que casi se muere de miedo.

–Yo me voy para adentro, no me quiero perder esta parte –dice Maxi, apenas tentado de risa.

Maite lo mira y no le responde. Apenas logro reincorporarme y Maite me abraza muy fuerte. Creo que ella también está llorando. Tengo las tetas al viento, el corpiño se deja ver. La remera abierta en el pecho. El cierre del pantalón también está abierto y deja ver el comienzo de mi bombacha, algunos pelos rojos del pubis.

—Ya está. Ya pasó. Ya se fue.

Maite me acuna o algo muy parecido a eso. Yo me dejo. Todavía tengo ganas de vomitar. Podemos oír todavía la voz de Lara: «Y la sexta vela es para mi hermano Felipe, porque desde que nací que está al lado mío y me enseñó a hablar».

Maite y yo caminamos en la oscuridad hasta la casita gris del viejo Genaro.

Hacemos todo el camino en silencio. Recupero la respiración y el olor a menta desaparece de a poco. Caminamos casi cinco cuadras de ciudad debajo de una hilera de árboles negros que hacen ruido al chocar sus copas entre sí. Pisamos hojas y evitamos las filas y filas de insectos que se organizaron para venir. Tal vez por primera vez entiendo el cariño de una mujer, de una amiga, y me doy cuenta de cuánto lo necesito.

Cuando llegamos a la casa nos ponemos los piyamas en silencio y nos lavamos los dientes mirándonos las caras, todavía maquilladas, en el espejo del botiquín.

Parecemos dos criaturas a las que les dieron permiso para mirar dos películas y dormir abrazadas. Maite me pregunta si estoy bien y digo que sí con la cabeza. Tomamos dos vasos de soda, descalzas en la cocina. Le decimos buenas noches a Gallardo, que nos mueve la cola. Hay olor a desodorante de lima limón en el aire. Las dos usamos la misma marca, el mismo aroma. Maite entiende perfectamente lo que pasó pero no va a preguntarme. Dormiremos profundo y aprenderemos a dejar en el tintero.

21. PODER AGARRAR UN AUTO, SALIR SIN MÁS

Un vaso de vino caliente está apoyado en la parrilla del patio desde anoche. A esta hora de la mañana, al vino le cambió el color, ahora es un líquido lila, como un jugo de fantasía. Mojo ahí dentro el cigarrillo que dejé por la mitad. No hay caso. No logro terminarlos. Los prendo para calmarme y los abandono para calmarme también. El rayo es voraz otra vez, el calor es un problema, pero jamás me volvería a meter en esa pileta moribunda.

Maite está en el living, sentada al lado de su padre. Toman mate. Enfrente de ellos tienen un ventilador de pie que les vuela los flequillos. El viejo Genaro tiene bastante cabello aunque sea un octogenario, como les pasa a los hombres del rock. No tengo hambre y no tendré, eso lo doy por seguro, y parece que todavía pudiera oír al perro que aullaba anoche. El dolor de estómago todavía no paró y la puntada en la espalda tampoco. Miro la pantalla de mi teléfono celular y tengo tres llamadas perdidas de Lidia, mi mamá.

No podría hablar con ella, no tendría forma de hilar ninguna anécdota. Disco un número. Del otro lado me responde una voz rasposa, como de alguien que recién despierta:

—¿Hola? ¿Pau?

No respondo. Me quedo escuchando sus movimientos en la cama. Intento adivinar todo el cuadro. Esta persona se despierta desnuda. Está sola o acompañada. Entra luz por la ventana porque el blackout no es suficiente, es de mala calidad. El viento mueve esa cortina fina, genera un ruido molesto. Hay olor a ajo en el ambiente porque la boca de esta persona huele demasiado mal a esta hora de la mañana.

—¿Estás bien?

Felipe se acomoda la voz. No es Felipe el adolescente, es mi expareja que casi llega a los cuarenta. Le respondo que sí, que soy yo, y que solamente quería hablar un rato. Me pregunta cómo está Gallardo y cuándo puede pasar a buscarlo. Le digo que el perro es feliz.

—¿De qué querés hablar? —pregunta.

La pregunta me anula por completo. Me enciendo otro cigarrillo aunque me dé una arcada naranja y pueda sentir, todavía, el galope de las manos del adolescente en mi pecho.

—De nada en especial. No tengo ningún tema de conversación original, ni tengo nada que quiera preguntarte.

—¿Estás bien? No me contestaste. La última vez me dijiste que me muriera —me dice.

—Es verdad —le respondo.

Después se hace un silencio en el que vuelvo a apagar el cigarrillo como puedo. Trato de no pensar en el vómito que viene y en cambio me miro la punta de los dedos de los pies. El desequilibrio puesto ahí.

—Yo realmente necesito el ventilador. Me estoy muriendo de calor en esta tapera.

Le respondo que se lo voy a devolver, que no se preocupe. Nos quedamos en silencio. Tengo ganas de contarle todas las cosas que me vinieron pasando pero no puedo. En cambio suspiro y le pregunto si oye los pajaritos que suenan por acá. Oigo su bostezo.

—¿Te puedo llamar más tarde? Me acabo de despertar —me responde.

Corto la comunicación sin despedirme. No puedo tolerar que siga creciendo la bola de desprecio. Felipe es un globo de fantasía o de cumpleaños infantil que se desinfló y quedó hecho un bollo en alguna parte, al que apenas se le puede leer el «Te quiero mucho» que traía impreso. Me acuesto sobre el pasto seco para bajar las pulsaciones. Gallardo viene a olerme la cara y se recuesta al lado mío. Llora. No entiendo el estado de ánimo de este perro. Mi cuerpo horizontal en el suelo siempre lo hace llorar.

Maite sale de la casa y me pregunta si puedo ir a comprar manteca para los fideos. Evidentemente el menú no puede variar. Mañana volvemos a Capital y ya nos quedamos sin víveres. Le comimos todo al viejo.

—Es acá nomás. A dos cuadras. Por favor —me insiste.

Le digo que sí desde el suelo y Maite vuelve a

sentarse al lado de Genaro, que le pregunta permanentemente quién soy yo, qué hago todavía acá.

Solamente tengo que caminar una cuadra para llegar al almacén de Romina. Lo haré rápido, tan rápido como me lo permitan estas piernas de acero. Gallardo viene conmigo porque es mi perro y yo soy su amiga. Me gusta pensarlo así. No hay nadie por la zona a esta hora. El sol es exigencia y el calor también. Me siento enemistada con cualquier cosa que indique verano. Un nene de tres o cuatro años pasa corriendo desnudo. Nadie va tras él. Lo pierdo de vista entre unos arbustos enanos.

El almacén de Romina tiene una puerta de madera que siempre está cerrada. El protocolo exige tres golpes y la espera. Gallardo me mira a los ojos y tuerce la cabeza.

–¿Extrañás a tu padre? –le pregunto–. Porque yo sí.

Romina es una mujer de muy baja estatura, con una cara demasiado ovalada. Bien podría ser un objeto astronómico. No me saluda, solamente me pregunta qué quiero. Me deja pensativa porque hace tiempo que nadie me pregunta eso. Romina vuelve a preguntarme y le respondo que un pan de manteca. Por algún motivo que no identifico, pienso que podría charlar largo y tendido con esta mujer. Me hace pasar, sin dejar de evidenciar que está ocupada y que mi presencia es una molestia. El ruido de las heladeras acompaña como una orquesta minimalista. Romina demora en llegar detrás del mostrador, pero se nota que desde ahí está más cómoda. Necesita tener esa estructura delante para poder soltarse.

–¿Cómo se llama el perro? –me pregunta.

Le digo que Gallardo.

–¿Por el Muñeco?

–Sí. El DT. Yo igual no lo conozco, no sé muy bien qué hizo.

–¿Cómo qué hizo? Siete títulos tuvo. Dos copas Libertadores, una Sudamericana, tres Recopas y una Suruga Bank. Le dicen Muñeco porque es petiso y tiene cara de juguete maldito. Ese perro trae suerte. Cuidalo.

Le cuento que el nombre no lo elegí yo, sino mi expareja. Romina se limpia la frente con un repasador y me pregunta:

–Tengo tres marcas de manteca. ¿Cuál querés?

Alguien golpea la puerta del almacén y me pongo en guardia. No sé muy bien por qué, se me pone la piel como una lija y me acomodo el pelo mojado detrás de la oreja. Me miro la cara en el vidrio de la heladera que guarda los yogures y los fiambres. Gallardo levanta la cola. Reconozco su estado de alerta. Romina va hasta la puerta. Demora un siglo en llegar hasta ahí y yo desearía estar envuelta en los brazos de Lidia, de Maite, o de alguna otra persona que no existe. Detrás de Romina, por fin, adivino el cabello lacio de Lara. Romina pega un alarido de espanto que significa felicitación. Lara y Romina se abrazan.

–¿Cómo te fue, corazón? ¿Rompieron todo? –le pregunta Romina.

Lara descubre que estoy ahí y se llena de pudor. Responde que le fue muy bien, que bailó el vals y repartió las velas. Que está cansada y le hacen falta algunas cosas en casa, que su madre la mandó a comprar puchos. Lara me saluda con un gesto de los ojos y yo respondo igual. Lara nos cuenta una anécdota de su padre desinhibido, manejando una moto alrededor de un árbol en plena madrugada. La historia no es graciosa pero respondemos mirá vos, qué locura. Gallardo le huele las piernas y Lara lo toca apenas, le habla como si fuera un bebé que todavía no dice cosas. No le gustan los perros pero sabe tratarlos. Romina recién termina de regresar detrás del mostrador, otra vez, en un trance eterno de arrastrar los pies.

–¿Qué manteca vas a querer? –me insiste.

Le respondo que cualquiera. Romina me entrega la más barata, le pago y guardo el vuelto. Lara no me quita la mirada de encima y yo intento salir lo más rápido posible de ahí. Mientras sostengo la puerta le digo feliz cumpleaños y ella me pide que la espere. No puedo creer lo que oigo pero lo oigo y lo atiendo. Lara le pide ciento cincuenta gramos de fiambre a Romina y la espera demorará.

Me siento en una reposera en la puerta del almacén. Gallardo se acuesta y se duerme a mis pies. Perro oportunista. No quiero que se duerma ahora, entonces le tiro una ramita y el perro la trae con la boca, una y mil veces, igual que el resto del mundo canino. Lara sale finalmente con unas bolsas y se enciende un cigarrillo.

Tiene el maquillaje corrido, y ropa de verano con frases en inglés. Apenas toca al perro y, a la par, se pasa por los labios una manteca de cacao que traía guardada en el bolsillo del short. Me pregunta:

–¿Por qué le pusiste Gallardo?

Le respondo que no fui yo, que fue Felipe, mi expareja. Que es el nombre de un jugador de fútbol que después devino técnico.

–Ah, sí, por el Muñeco. ¿Y a vos te parecía bien el nombre?

Le digo que no, pero que Felipe vino ya con el perro y yo no podía hacer nada al respecto.

–¿Y por qué te lo quedaste vos? –me pregunta.

Acá no sé qué responder y me quedo mirando a la criatura que pelea y ladra con una mosca. Lara lo mira y se ríe. Me ofrece manteca de cacao y le digo que no. No termino de entender este silencio o esta prolongación. Miro a mi alrededor. Algunas casas parecen vacías, o es que la gente que está dentro también se vació.

–Ayer mi papá dio una vuelta en moto alrededor de un árbol muy viejo que hay por acá. A eso de las cinco de la mañana la dio. Y después se dio un flor de palo. Esa parte no se la conté a Romina. Se cayó y se golpeó la cabeza. Fuimos a la salita con mi hermano. Yo todavía tenía puesto el vestido. Le vendaron la herida y le dijeron que dejara de hacer boludeces –me cuenta Lara.

La manteca se me empezó a derretir en la mano. Le digo a Lara que me disculpe pero que realmente me tengo que ir. Que me están esperando para cocinar.

–Quiero hablar con vos, Paulina –me interrumpe.

Me sorprende que me nombre así. Hasta este momento no habíamos cruzado muchas palabras.

–¿Estás bien? –me pregunta.

141

Le respondo que sí aunque siento que mi cuerpo es una gelatina. Que tiemblo de miedo al presente y también al futuro. Que no lo controlo.

–Me hubiera gustado que te quedaras todo el cumpleaños, pero no te voy a culpar. ¿La pasaste bien al menos el tiempo que estuviste? ¿Viste el video con mis fotos de chica y después de adulta? Bueno, adulta. Lo que se dice adulta.

Estoy anonadada. No estoy segura de que Lara realmente sepa lo que pasó anoche. Le respondo que vi las fotos y me parecieron muy simpáticas.

–¿Querés hablar de lo que pasó? –me pregunta.

No puedo responder.

–Mi hermano hace eso. Le divierte –me dice Lara.

No puedo responder. ¿Eso? ¿Qué querrá decir?

–Conmigo es igual.

No puedo responder. Oigo en loop: conmigo es igual, conmigo es igual.

–Ya sé que apenas nos conocemos, pero tenía ganas de preguntarte si ustedes ya se vuelven para Buenos Aires. Tengo una amiga allá y pensé…

–¿Qué pensaste? –le pregunto.

–Que quizás me podés sacar de acá.

Ni bien escucho eso, me invade una sensación de rescatista que me resulta familiar. Como si fuera algo que sentí muchas veces antes, como alguien que nada en aguas profundas y salva gente de cualquier posible ahogo porque sabe, porque hizo deporte durante años y asistió a muchas prácticas para generar un oficio que es, ante todo, heroísmo.

En ese instante, Romina sale del almacén y se enciende un cigarrillo. Achina los ojos y nos mira con muy poco disimulo.

—¡Muñeeeeco! –le grita al perro, haciendo su gracia.

Yo le sonrío como respuesta y empujo apenas a Lara para que empiece a caminar conmigo. Gallardo viene detrás. Lara me hace un gesto de que no entiende el chiste de Romina. Huimos.

Lara ya tiene envuelto en su cabeza, como un peinado, el instinto de supervivencia. Llegamos a la casa de Genaro muy rápido y Lara me cambia la manteca derretida por una más nueva que trae en su bolsa. Intercambiamos un mensaje. Se aleja a través de unos arbustos plagados de gatos tuertos. Mientras camina, en su marcha se va achicando, como si la distancia le bajara la edad, le cambiara el DNI.

Pongo agua a hervir. Maite se acerca para preguntarme cómo estoy y le respondo que esta vez cocinaré yo. Tengo ganas de improvisar puntos de hervor o condimentación para los fideos con manteca. Soy una estafadora, hacerme la chef con fideos. Pero no importa. Algo me devolvió el entusiasmo. Al rato ya estamos almorzando con Genaro. Esta será nuestra última comida los tres juntos. El viejo nunca entendió quién soy. Maite aprovecha para contarle la anécdota de cómo nos conocimos. Era de mañana y teníamos calor. Todavía no había llegado ni siquiera la secretaria. Maite trabajaba en la empresa hacía un año y yo había llegado hacía poco más de un mes. Maite batía café en la cocina y yo me sumaba para imitarla. Batí café al unísono y el movimiento con la

143

cuchara me acaloró también. Maite me sonrió. Hablamos del calor. Del calentamiento, del poco tiempo que nos quedaba en el globo. Le dije que era ridículo, que no podíamos tomarnos un café hirviendo. Nos reímos. Maite me preguntó si quería un helado. Al principio me pareció una locura pero después acepté. Tenía el estómago vacío, pero podía desayunar helado de kiosco con esa extraña de rulos diminutos. Agarramos nuestros bolsos y salimos apuradas. Entramos al primer kiosco que encontramos y compramos palitos de agua de frutilla, de esos que tomábamos cuando éramos muy chicas. Genaro no los recordaba. ¿Cómo los podría recordar? Mientras chupábamos los helados rosas, hablábamos mal de Susi, la secretaria, y el calor se nos iba un poco del cuerpo. Sentíamos el alivio. Al instante, estábamos de vuelta sentadas enfrente de monitores en nuestras oficinas sin ventana. En ese pequeño acto intrascendente, que podría no importarle a nadie, ni siquiera a Genaro, Maite y yo nos conocimos.

Esa noche, antes de cerrar los ojos para dormir, busco la computadora en mi bolso. Intento no hacer ruido. Maite duerme desde temprano con la boca abierta. En esos instantes de ronquido podría jurar que se parece a Genaro. Pobrecita. Enciendo la computadora y al instante se me ilumina la cara. El cuarto está del todo a oscuras y ahí mi cara brillando, como un ente. Tengo sueño, así que directamente busco páginas porno. Sí. Ahí están todos ustedes, hacía mucho que no los veía. Desnudos, vestidos, en situaciones urbanas o en interiores. Lúcidas, preocupadas, un poco desvariadas. Todos estos videos podrían ser una gran oferta, una liquidación que debería aprovechar, es más, debería apurarme para que no me quiten estas imágenes de las manos, pero es inútil. Esos cuerpos adheridos me dan ganas de vomitar.

22.

Una camilla mullida me traslada de la ambulancia al interior del hospital. El recorrido parece eterno. Las ruedas giran, puedo oír el óxido debajo de mí.

Apenas abro los ojos y logro ver autos particulares que avanzan por una avenida, también veo algunos taxis, y algunas líneas de colectivos acumuladas esperando que la luz del semáforo les permita avanzar. Otra vez estoy rodeada de personas que quieren verme. ¿Hacía falta que generara este espectáculo para tener finalmente su atención? Hace horas que soy el show del desastre. O habrán sido minutos. Ya no sé. A juzgar por la poca luz que veo, todavía es de noche. Entramos finalmente al hospital. Hay personas con abrigos colgándoles de los brazos. Barbijos, ringtones de celular, guardias de seguridad.

Los camilleros hablan entre sí, o acaso por un handy. Repiten otra vez la misma historia: mujer de mediana edad, vuelco de automóvil en avenida, tiene signos vitales, mujer de mediana edad, vuelco de automóvil, signos vitales. Mujer, automóvil, vitales.

Me duelen los párpados, y el frío del aire acondicionado del hospital se me concentra en los pies que no puedo mover. El hombre rosado se había ido pero ha vuelto. Me acaricia la cara y de tanto en tanto la cabeza. ¿Eso estará bien? Ahora recorremos juntos unos pasillos empapelados de color beige con cuadros de naturalezas muertas, patos, o plantas silvestres. Bien podríamos estar en una casa de té, pero el altoparlante repite nombres propios, consultorios, estudios. Gutiérrez, consultorio cuatro. Moreno, consultorio nueve. Ferro, consultorio uno. Nadie creería que apenas respiro y percibo tanto detalle. Pero lo percibo. Yo soy así: no estoy en este mundo pero aspiro todo como un hongo, podría pertenecer al reino fungi. Desde abajo, pero percibiendo nítido, nítido.

Me dejan sola. La camilla ahora no se mueve. ¿Eso fue todo? Veo a la quinceañera que se me acerca. Me mira de cerca. Demasiado cerca. Me habla pero no llego a entender exactamente lo que me dice. Solo rescato palabras sueltas. Algo de una casa, de la rueda del auto, del perro, del hermano. Puros sustantivos comunes. Que alguien se la lleve, por favor, me zumban los oídos y no entiendo nada. Ahora dos camilleros, en un rapto de ansiedad y urgencia, me llevan a otra parte y siguen gritando. Pierdo a la quinceañera. Está muy alterada, pobre chica. Por el amor de Cristo, ¿todos van a soltarse de lengua así, de ese modo, delante de mí? Me duele la espalda, algún órgano vital expuesto. Quiero decir: Felipe, Felipe. Quisiera que alguien lo llamase.

Quisiera que me abrazase aunque este estado vegetativo me haya entregado por completo a la insensibilidad. Quiero decir Felipe y en cambio me conectan cables, no me permiten respirar. Me sedan. Sí, estoy sedada. Creo que esto que pasa ahora es estar sedada. Ahora veo los colores más saturados y el cuerpo me pesa mucho. Veo a la quinceañera desplegando los brazos alrededor de mí, sonríe y baila como una profesional en un videoclip. Aunque no sé si está acá en realidad. Soy un desborde y estoy protegida por un cuerpo médico que no termino de entender del todo. Escucho que me dicen:

–Mamita, te diste flor de palo.

Una voz me habla y me pincha varias veces. No logro ver qué es.

–Ojalá la cuentes.

Esto es lo último que me dice, y se va. Creo que enciende el televisor. Oigo unos gritos que no logro identificar de dónde vienen. Son constantes, hay un ritmo, una especie de síncopa. Parece una gata en celo pero no lo es. Es más bien humano. Levanto apenas la cabeza y la cervical me tira. La puerta de la habitación está cerrada pero ahí detrás sigue el grito permanente. Es una mujer, claro que sí, una mujer entrada en años, eso es. Debe estar acostada en una cama igual que yo, debe estar conectada a cables de colores primarios igual que yo. Ahora el grito va en ascenso, la mujer es toda una barrabrava, no abandona, sigue y sigue. Logro entender algo que está diciendo, apenas: caaaarla, claaaara. Algo de eso. Nadie le responde. Por supuesto, acá dentro nadie responde. ¿Estará soñando?

Me agarra un escalofrío de pena. El grito dura unos minutos más hasta que se pausa por completo. La mujer se durmió. Acaso yo debería hacer lo mismo.

Me pesa tanto el cuerpo. Abro los ojos, cierro los ojos. Todo lo que puedo hacer ahora. No quiero dormirme. Dentro de la tele, distingo a una monja que habla del bien con una cortina de violines. Me dejaron sola por primera vez en el día o en la noche, en todas estas horas pesadas. ¿O minutos? No está el perro, no está la chica, no está Maite, no está mi madre, no está el hombre rosado, no está Felipe. Otra vez sola no, por favor. Otra vez no.

23. CORRO ASUSTADA

Amanece en el cuarto adolescente de Maite. Ella está boca abajo. Sigue profundamente dormida. Nada le diré. Me pongo los pantalones y le robo un buzo del Pato Lucas que se compró en su viaje de egresada de quinto año. El placard de mi única amiga es un tirón al pasado. Me pongo mis zapatillas blancas. Intento ser sigilosa: no camino, floto. Me miro en el espejo del botiquín roto del baño y tengo la cara hinchada. Parezco de quince años esta mañana. Quince años. Qué precisión.

Chupo un mate apoyada en la tranquera. Todavía no me desperté. No sé bien dónde estoy. Los gatos tuertos siguen dando vueltas por acá, nunca pudieron evitar las riñas nocturnas. Les acaricio la cabeza a los que me lo permiten. Hay un gato naranja al que le cuelga un pedazo de ojo. Parece un yoyó. Gallardo todavía duerme. Un manto de moscas le vuela alrededor de las orejas.

A través de la arboleda veo venir a Lara. Sonríe y muestra todos los dientes. Está abrigada igual que yo y se puso un vestido de flores y una campera de su padre, ¿o de su hermano? Antes de llegar se tropieza y me mira con pudor. Nos reímos. Me saluda con un beso chico en la mejilla y yo se lo devuelvo, le acomodo el pelo lacio y espeso detrás de la oreja. No decimos nada, nada decimos. Chupamos mate unos minutos y fumamos un tabaco armado con sabor a vainilla, equivalente a un desayuno calórico. Le pregunto si no la vieron irse y me asegura que no.

–La vela quince se la di a mi mamá –me cuenta–. No sé si vos estabas todavía. Me parece que ya te habías ido.

–Sí, ya me había ido –le respondo.

–Hace años que no me habla. Igualmente la vi emocionarse. Pero no me habla. Le habla a Felipe pero a mí no. No sé si es enojo o confusión. Nadie lo entiende, todos lo aceptan. Pero estaba agradecida por la vela y por las cosas que le dije cuando se la di. La tuvo entre las manos y se apagó. Fue la única vela que se apagó. Mi mamá es una persona que creció al revés, como una malformación.

Me asombra cómo usa las palabras y cuánto le aguantan los pulmones. Le vuelvo a preguntar si está segura y me dice que sí. Busca en su mochila un cuaderno y me lo muestra.

–Este es mi cuaderno del colegio. Acá usamos cuaderno, no carpeta. Ocupa menos espacio. Estamos viendo el interior del cuerpo humano. Cuando tengas un rato, quizás puedas mirar cómo lo dibujé. Me llevó horas y no sé si está bien. Necesito que alguien me diga si lo que hago está bien.

—Yo de cuerpos no sé mucho, pero dale —le respondo.

Noto que el cuaderno huele a desodorante de frutilla, esos aromas falsos y muy jóvenes. Subo las mochilas y los bolsos al baúl. Antes de subir al auto, me asomo a la ventana del túnel de la juventud de Maite. La veo bien, como si estuviera en el lugar correcto, como si nunca debiera haber salido de allí. Le mando un beso en la distancia y le escribo un whatsapp explicándole algunas cosas. Yo no dejo notas a mano. Sería más cariñoso pero yo ya no tengo esa canción.

Subimos a mi Peugeot. Son cerca de las siete de la mañana. Creo que a Gallardo le gusta Lara. Le cae bien. Aunque a ella no le gusten los perros, lo acaricia como si se tratara de un juego permanente. Nos alejamos de a poco de la chacrita de Quequén. Intento hacer el menor ruido posible. El sol está ahí arriba, ahora, y recién empiezan a cantar algunos gorriones. Nos persiguen algunas criaturas del campo como si fuéramos las princesas de una película infantil, excepto que estas criaturas no son azules, fornidas y vitales, más bien todo lo contrario: les faltan partes del cuerpo y tienen los días contados.

Hace una hora que andamos silenciosas por una ruta vacía. Es día de semana y en esta zona no andan muchos autos. No hay dos carriles. Recuerdo la canción que me mostró Maite cuando veníamos y me parece una buena ocasión. Le pregunto a Lara si conoce «Corriendo asustado». Me dice que no. Le cuento que, además de ser una canción extraña y magnética, a Maite le causa una repulsión y una atracción tan grandes que realmente al oír los primeros acordes sale corriendo del lugar en el que se encuentre. Algo así como un rapto de ansiedad, como si estuviera todo signado en el título. Maite detesta esa canción, y es su canción favorita también.

—¿Y de qué se trata? No entiendo dos palabras de inglés.

Entonces le traduzco, porque la canción ya me provoca lo mismo que a Maite y porque me parece que es la canción de este momento.

—Dice: Corro asustado en cada lugar al que vamos, tan atemorizado de que él salga, sí, corriendo asustado, ¿qué haría si él regresara y te quisiera? Corriendo asustado, sintiéndome bajito, corro asustado, lo amas tanto. Corro asustado, temeroso de perder. Si él regresara, ¿a quién elegirías? Y entonces de golpe: él estaba acá parado, tan seguro de sí mismo, la cabeza en el aire. Mi corazón se estaba rompiendo. ¿Él o yo? Te diste vuelta y te fuiste caminando conmigo. Leeeejos.

—Qué linda —dice Lara.

Al instante se queda profundamente dormida.

Manejo media hora en soledad y cada tanto miro el perfil de Lara iluminado por el rayo. Duerme como un cachorro. Al costado de la ruta todavía venden quesos y mermeladas caseras: eso me abre el apetito. Lara habla dormida. Dice algo así como: estoy bien, acá estoy. Manejo algo así como una hora. No tengo sueño. Los pensamientos vienen como una música que no me molesta, más bien lo contrario. Allá arriba puedo ver un ave de ruta. No sé bien qué especie es. Vuela con unas alas inmensas, como dos acolchados. Parece que estuviera cada vez más cerca pero no estoy segura. Al instante vuelvo a mirar, es cada vez más grande y puedo descifrar un poco su cara. El pico entre amarillo y verde. Y unos ojos pardos que miran directo pero no miran nada en realidad. ¿Los pájaros miran? Parece que viene volando directamente hacia nosotras. Vuela bajito pero firme, con velocidad de estornudo. Está entera esta paloma, o esta águila, y tiene un rumbo definido hasta que no, hasta que da de lleno contra el parabrisas del auto. El golpe es seco, pesado, y me asusta mucho. A juzgar por lo que veía desde lejos hubiera jurado que esta ave no pesaba nada, pero no. Me equivoqué. Freno de golpe, hundo las ruedas en el asfalto. Lara se despierta sobresaltada y el perro también. Me hace preguntas que apenas logro responder. La ruta ahora está vacía. El pájaro se estrelló y eso es algo que tengo que resolver aunque no tenga mucha idea de cómo. El parabrisas está entero pero rasgado. Igualmente se puede ver a través. Estacionamos al costado del camino y Lara tiene ganas de vomitar. La entiendo. Me dice que es una mezcla entre el mareo del auto y la imagen de la paloma. Entonces vomita largo y tendido. Gallardo llora.

Me toca agarrar el cadáver del ave con las manos. Hago una pinza con el dedo índice y el pulgar. No termino de entender el peso del animal. Es pesado y a la vez no lo es. Las alas son plumas que podrían ser invisibles, incluso. El corazón del pájaro debe haber estallado antes de caer. Por el susto. El vidrio está lleno de sangre. La paloma o la gaviota es gigante, como un molusco o una inmensa cucaracha aplastada. El bicho está muerto y mi vidrio rajado. Sensaciones de pájaro.

Dejo el bicho al costado de la ruta, lo tiro lo más lejos que puedo. Cae ahí nomás, no logro alejarlo demasiado. Me limpio con papel higiénico y carilinas que trae Lara en su mochila. Hago lo que puedo. Después me enjuago las manos con el agua del bidón que tengo en el baúl. Me las seco en el pantalón. Qué asco. Le propongo a Lara que digamos unas palabras en conmemoración de la gaviota y ella está de acuerdo. Las náuseas desaparecen. Le ofrezco inventarlas y le parece bien. Le dice algo así como que lamenta mucho su catastrófico final pero que seguramente todo el vuelo de su corta o larga vida valió la pena, que tiene que estar agradecida porque pocos conocen cómo es eso de volar, que esa sí que es una virtud, no como todas las demás acciones que parecen virtudes pero en realidad son cosas intrascendentes que no pasarán a la historia. Y después se extiende en teorías sobre altos y bajos vuelos, y sobre lo conveniente que es ser un animal en lugar de ser un humano, excepto porque se los comen. Sobre el desequilibrio que existe entre el humano y el animal. Que nosotros los usamos a ellos y no al revés. La interrumpo y sugiero que ya podemos volver.

Lara abraza a Gallardo como si el perro pudiera salvarla. Tal vez pueda.

Subimos al auto y Lara me agradece. Dice algo que no le entiendo y vuelve a quedarse inmediatamente dormida, igual que el perro. No entiendo cómo hacen para relajarse así.

Lo único que sigue es una ruta totalmente liberada que se abre paso delante de mí.

24. VOY A CUIDAR NUESTRAS COSAS

Andamos más de cinco horas por un solo carril. Paso algunos autos con suma velocidad. Soy una buena conductora. Lara se despertó hace rato y ceba mates desde allá atrás. No quiere dejar que el perro viaje solo. Me cuenta sobre sus compañeros y compañeras de la escuela. Me habla del amor de amistad. La escucho atenta: no es un asunto del que yo conozca demasiado. Me cuenta que sus amigas le dicen te amo y ella también les dice te amo a sus amigas. Que no hay otra forma de medir ese amor. Está segura de que las extrañará pero acordamos que voy a ayudarla a pensar en cómo seguir en contacto con ellas. Que decidir estar lejos de unos no signifique desaparecer de la vida de los otros. Me cuenta sobre Anabel Céspedes, su amiga adulta que podría hospedarla en Buenos Aires. Le digo que puede quedarse en mi casa también. Que podemos turnarnos con Anabel. La idea la entusiasma y a mí también.

Paramos en una estación de servicio. Cargamos

nafta, tenemos gaseosas, caramelos, sándwiches de jamón y queso y chocolates. Cuando volvemos a arrancar para irnos, la ruta ya atardece. Hablamos mucho sobre el diseño de carteles de publicidades del camino. De la mentira de aquella prepaga médica a un precio tan bajo, o de esa marca de yerba mate que ayuda a adelgazar y a moldear una figura que nadie nunca hubiera imaginado.

Ya estamos cerca de la ciudad. Lara y Gallardo duermen, otra vez, en el asiento de atrás. Me parece un buen momento para escribirle a Felipe. Seguramente no tendrá nada para decirme pero quisiera escucharlo. Las primeras luces del centro porteño, allá a lo lejos, me impulsan a encontrarme con él. Quiero contarle las buenas nuevas, que rescaté a una chica, que escapé de una especie de incendio, que nadé en una pileta intoxicada, que Gallardo puede ser feliz. Que puedo criar un ser vivo. Quiero que oiga mi inteligencia recientemente adquirida a través del tubo del teléfono. Busco el aparato en la guantera pero no lo encuentro. Me entra la ansiedad. Realmente necesito hacer ese llamado ahora que Lara duerme, y antes de que oscurezca del todo.

Dos conductores pelados discuten al costado de la autopista, los puedo ver. Uno está rabioso, el otro no tanto. Se tocan bocina entre sí, y el sonido se pierde en el ambiente. La ruta ya es autopista y estamos en la urbe. Bajo el puente. Ya estoy en la gran avenida. Respiro el humo y veo el smog. Todo junto puesto acá. Un ciclista se desvía, pierde el equilibrio, una moto intenta esquivarlo y pasa un semáforo en rojo.

Una chica cruza corriendo y pasa muy cerca de la moto. Tengo que frenar, hundo el freno lo más posible. La ciudad me recibe con vértigo. Pienso en Felipe. Hay dos cosas que quiero decirle. Las vengo pensando hace rato. Son solo dos cosas que nunca dije y quiero que salgan de mi boca a cambio de nada, solamente para volverlas sonoras: Te amo con el corazón que tengo acá dentro desde que nací. Voy a cuidar nuestras cosas.

Me agacho apenas, un poco, lo que me permite el cinturón de seguridad de tan buena confección automotora que tengo. Pero no. Oigo que Gallardo se despierta sobresaltado y pega un grito, ladra, o me alarma sobre algo. No sabía que el perro pudiera hacer eso. Cuando levanto la mirada un auto parecido al mío, quizás igual, quizás el mismísimo auto con las mismísimas personas dentro, Lara, Gallardo y yo, viene de frente hacia mí. Una simetría, un espejo mortal. Estoy descarrilada, eso es lo que pasa, y quien viene de frente está en lo cierto. Yo estoy desacomodada. No logro maniobrar y los frenos responden lentos. El perro me muerde la camisa con los dientes, lo hace sin fuerza, lo poco que le permiten sus colmillos de perro mestizo. No quiere lastimarme. Lara está profundamente dormida, menos mal, al menos pude ahorrarle eso. Sé lo que pasó. Vi todo, puedo entenderlo. Fue mi culpa por no tratar mi espacio con delicadeza.

Te amo con el corazón que tengo acá dentro desde que nací. Voy a cuidar nuestras cosas.

25.

Cuando abro los ojos, el hombre rosado me examina el suero. Me habla pero no entiendo qué dice. Mis oídos no tienen nitidez como antes. Preferiría volver a lo anterior. El sonido es un hidrometeoro visible, una nube. El hombre desaparece otra vez. La sala de internación se me vuelve más nítida ahora. Me resulta conocida. ¿Serán los colores? Que yo sepa nunca había estado internada antes. La puerta de la habitación está entreabierta y puedo ver, apenas, el logo del hospital. No es un hospital, claro, es un centro médico. Un redondel azul con una letra C en el medio. Me suena.

Una mujer de saco color rojo desvencijado pasa caminando. Empuja un carro lleno de bandejas de almuerzo, desayuno o merienda. No sé qué hora es. La mujer entra a mi habitación y me mira fijo, como si me reconociera.

—¿Cómo estás, mamita?

Esa fijación que tiene toda esta gente con los diminutivos de madre. Le miro el cartel que tiene colgado en la camisa y leo Carmen. Claro. La última vez que la vi yo estaba virgen de tragedias viales y ella me empujaba y yo la empujaba a ella, por un rechazo que ni siquiera entendíamos. Estoy en CIEM, el centro médico del barrio, ese que elegimos todas. Me siento a salvo. Creo.

—Mamita, incorporate que te voy a tomar la temperatura.

Me incorporo. La miro fijo. Espero que se acuerde de mí.

—Treinta y seis dos. No tenés, por suerte. ¿Estás sola?

Intento responderle y mi voz pareciera estar ahí. No sé hace cuánto tiempo estoy acá. Entonces hablo.

—¿Sola acá o en la vida?

La voz me sale ronca, como si apareciera de cero, de la nada.

—Las dos —me responde.

—Sí, sola acá.

—¿Y en la vida?

—No, no sé.

Carmen ahora me pide que estire el brazo para tomarme la presión. El globo se infla alrededor de mi brazo haciéndome doler.

—La tenés un poco alta, mami, pero debe ser el shock. Nada de que preocuparse.

Le pregunto si se acuerda de mí.

—¿Te acordás de mí?

—Claro que me acuerdo. Viniste a una consulta ginecológica hace un tiempo. En ese momento yo no

161

era enfermera todavía. Terminamos a las piñas. Hace unos días que estás acá, cielito, y te recordé.

Carmen se ríe. Yo lo intento pero el dolor me lo impide. Pero me hubiera reído.

–Veo que terminaste mal, mamita –me dice.

–Veo que vos no terminaste mejor –le digo. Carmen se vuelve a reír.

–¿Todavía querés ser mamá? –me pregunta mientras me acomoda las sábanas para que no se salgan del costado de la cama. No le respondo, y entonces ahora me explica cómo funciona el control remoto para subir y bajar el respaldo de la cama. Le agradezco, aunque no entiendo la explicación. Le pregunto:

–¿Lo de «mamita» es por algo o es costumbre?

–Es por algo, es por algo –me responde Carmen y al instante me cambia de tema–. Voy a llamar a Eduardo para que te venga a entretener.

Le pregunto quién es Eduardo y no me responde, mientras escribe algo en la pantalla de su celular. Me dice que no tengo de qué preocuparme. Que voy a estar bien, y se ríe para adentro. En ese instante, entra un médico vestido de payaso a la habitación. Me mira serio, igual que a Carmen. El disfraz está hecho con muy poco esmero, solo dos elementos de cotillón. Una nariz violeta y una peluca de rulos negros, como una especie de Diego Maradona de la juventud. Un delantal blanco y un cartel que dice EDUARDO y el número de matrícula. Los tres nos miramos un instante. Todo ese cotillón junto me hace perder el miedo de verdad.

–¿Era acá? –pregunta Eduardo.

Le respondo que creo que no, pero que puede hacer lo que quiera. Eduardo se nos queda mirando y Carmen se ríe.

—¡Caíste! –le dice Carmen–. Vení que tenemos que ir al séptimo piso. –Y a mí me dice–: Cuidate, mamu, no necesitás payasos.

Salen los dos juntos de la habitación mientras conversan. Eduardo me saluda con la mano. No sé lo que dicen. Eso es lo más normal que me pasó en todo este último tiempo. Me vuelvo a quedar sola en la habitación y miro por la ventana, a ver si esta vez realmente pasa algo.

Debe ser muy temprano. El humo blanco de la mañana está dando vueltas en el ambiente. Maite está dormida en el único sillón de un cuerpo que tiene mi habitación del centro médico, ahí donde las invitadas y los invitados pueden descansar o pensar un poco en las palabras que le dirán al enfermo. Es el hombre rosado el que entra a la habitación y mira a Maite con ternura. Se acerca hacia mí haciendo silencio para no despertarla. Esta mañana tengo el cuerpo rígido. El hombre rosado me pone la mano en el hombro y hace ademanes con las manos como si yo llegara a percibir algo de lo que dice. No le entiendo. Los pies no me responden pero al menos el dolor se fue. Quiero decir Felipe pero otra vez no me sale la voz, como una pesadilla infantil en la que es imposible hablar o caminar. Apenas con las manos puedo sentirme el cuerpo debajo de la frazada. Estoy desnuda. Lo que más me

163

preocupa de este estado de vulnerabilidad es que hayan descubierto el color rojo profundo de mi entrepierna, el pubis anormal, la intimidad insólita. No me tiño, señoras y señores, soy así.

Me pregunto si Gallardo estará en buenas manos. No tengo manera de saber qué habrá sido del animal. Lo imagino recostado en el departamento de dos ambientes de Maite, en pleno microcentro, llorando una tarde entera porque me extraña o porque ya no se cree dueño de ningún lugar. Gallardito, líder de las plazas recién regadas, del espacio público, del césped porteño, de los campeonatos internacionales, embajador de la fidelidad a su país.

El hombre rosado continúa entre el ademán y la sonrisa. Evidentemente lo he conquistado, y eso me sube las defensas. Maite se está despertando, me mira y sonríe como si se le fuera a salir la cara de lugar. Empieza a caminar hacia mí. Creo que esto quiere decir que somos mejores amigas. Ahora Lidia entra por la puerta con un conejo de peluche gigante color rojo. No entiendo qué hace a esta mujer mi madre, pero en fin. En los hospitales se trata de cualquier cosa menos de entender. Deja apoyado el muñeco arriba de una mesa. El conejo me mira con esa insignia que exige: «¡Que te mejores!». El hombre rosado, Lidia y Maite conversan entre sí. Me rodean como si fuera una fogata. Tal vez lo soy.

Los gritos de la vecina de cuarto vuelven a instalarse en el ruido de fondo. Todos la escuchamos, nadie le responde. Me animo a preguntar y veo que me sale la voz. Ahí está, volvió mi voz, la había olvidado.

—¿Eso que grita es una mujer o un gato?

El hombre rosado me mira con ternura, otra vez. Cualquier cosa que yo diga será digna de su aceptación, al menos en estos primeros momentos en los que, al verme, lo único que ve es a una mujer joven y abombada. Pero sobre todo joven. Nos cuenta la historia de la vecina de cuarto, una mujer que olvidó por completo quién era y dónde estaba, pero que aun así siguió gritando a diario un nombre y nadie supo quién era o había sido esa persona y la mujer tampoco.

Imagino a Lara llorando en el ascensor del hospital y al hermano pidiéndole que se calle. A Lara alejándose del centro médico sin entender demasiado por qué. A Lara volviendo a su casa en Quequén, con un brazo vendado y las piernas raspadas. A Lara mirando por la ventanilla del auto de su hermano, sintiéndose protagonista de una historia que no le importa a nadie. También imagino a Felipe, por ejemplo, metiendo un gol en una cancha de pasto sintético para largarse a llorar como un sapo en vez de correr y gritar como el común denominador.

Me incorporo en la cama, extrañaba estar sentada. Me miro las piernas: las reconozco, tienen un color envidiable. Si hay algo que destella, realmente, son esas dos piernas que me vienen después del torso. La televisión sigue encendida.

En la pantalla alguien se queja de algo, está serio mirando a cámara, con un micrófono en la boca y un auricular en la oreja. Desde el piso de otro canal, ese reclamo es oído. El hombre rosado me mira las cejas, la nariz, el pelo. Fija la mirada en cada compartimen-

165

to y eso me incomoda un poco. Maite y Lidia se abrazan entre sí: no entiendo, pero igual me gusta verlas contentas. La mujer del cuarto de al lado sigue gritando la única palabra que le quedó invicta antes de olvidarse por completo de su pasado. Logro levantarme de la cama y entro en el baño.

El cuarto de baño es una especie de cosa lujosa, un lugar que antes había visto en películas de lugares demasiado lejanos. Me miro al espejo y me gusta lo que hay ahí. Una mujer con rasguños, alguien que empieza de nuevo. Me levanto el camisón y me miro el cuerpo. Me gusta mi torso, mi abdomen, ese triángulo que hacen mis tetas cuando las veo de costado. No hago otra cosa que mirarme.

Vuelvo a la habitación y mi cama sigue ahí. Tendré que volver a relajarme. Ya estoy fuera de peligro. Bueno. Nunca estoy fuera de peligro. En ese instante entra Carmen al cuarto, con una bandeja de puré de zapallo y pollo hervido.

—Nada de esto tiene sal, mamita —me dice mientras acomoda la bandeja encima de mí.

Yo no entiendo qué hace todo este pogo de personas alrededor de mí. Hablan entre ellos, se ríen, se limpian la saliva que les queda en la comisura de la boca. Parece que estuvieran en un cumpleaños tanteando la nueva tanda de sándwiches de miga. Se ven en la obligación de intercambiar anécdotas sobre mí. Lidia cuenta sobre mi pigmentación extraña, ese descubrimiento que hizo cuando yo tenía pocos años, una noche mirando la televisión. Maite se ríe porque no entiende demasiado. Lidia y Maite podrían haber sido amigas toda la vida. El hombre rosado cuenta estadísticas sobre accidentes de tránsito, como si alguien se las hubiera pedido. Lidia se sorprende de todo lo que sale de la boca del hombre rosado, con su calvicie al descubierto y los ojos celestes, verdes o amarillos. Maite lo mira con deseo: no podría ser de otra manera. El hombre rosado no percibe el deseo de Maite y vuelve a poner los ojos sobre los míos, o en mi nariz. Chequea si la vía que me conecta al suero todavía está en el lugar donde debería estar. Y ahí detrás, todavía imantada por esta reunión de personas inquietas, Carmen me mira con ternura mientras se despide y sale a los pasillos otra vez, como una azafata con el carrito de la comida, como una mujer que pasea con un chango de alimentos en un hipermercado sin saber bien qué hacer ni adónde ir. Ahora Lidia habla del estado de los planetas en el cielo. De mi signo solar, mi ascendente. Incluso de las últimas novedades de la luna llena. Se ríen con ruido. Yo también sonrío. ¿Me gusta la gente? Me gusta la gente. Lidia agarra del brazo al hombre rosado como si lo conociera de toda la vida. El hombre rosado vuelve a mirarme como pidiendo clemencia. Como si me pidiera por favor que exista un futuro. Yo bajo la mirada. Se ríen con ruido otra vez. Las cosas que tendré que decirme a mí misma cuando ya no estén. Esos relatos que me armaré cuando camine sola por la calle. Puede ser injusto. Todo ese despilfarro de alta estima hacia extraños que transformo en eminencias. Pero está bien así. Me gusta que estén acá. No quiero que se vayan. No me dejen, por favor.

26. SUCESOS EXTRAORDINARIOS

Ya no conduzco autos. Prefiero que me lleven. Me gusta ver como los conductores estiran el cuello para mirar los semáforos y como mantienen separado el manejo de la conversación. Gente ilustre que logra seguir el hilo de la charla trascendente que transcurre dentro del vehículo mientras aprieta y relaja los pies ahí abajo, con la conciencia de que podrían rodar, pero con la seguridad de que esas cosas no les van a pasar a ellos, les pasarán a otros. Entonces ahí van, libres, livianos, con anteojos de sol y camisas de colores claros, con el brazo afuera de la ventanilla, con la cédula verde al día.

Es viernes y amanecimos temprano. Gallardo mueve la cola en el balcón porque vio una paloma. Me miro el torso desnudo en el botiquín del baño a ver si algo se movió de lugar, pero no. Yo sigo ahí. Me miro el yeso del brazo izquierdo porque ya me pesa demasiado. Me gusta quejarme de eso. A quien sea que me llame o se cruce en mi camino, le diré: qué barbaridad, no lo aguanto más. Hasta que me lo saquen y tenga que encontrarme otro incordio para seguir quejándome por teléfono o en modo presencial. Todas las noches antes de irme a dormir, repaso los dibujos que me fueron haciendo en el yeso. Algunos de Lidia, o de Carmen, hay muchos de Maite y de Lara, y uno que me hizo Felipe, que apenas logro entender. Algunos con trazo de birome y otros con marcador indeleble. «Que te mejores, Paulina.» «Paulina, ¡quedate quieta!» «Gracias por todo, mamita.» Todo ese palabrerío forma un espanto hecho con cariño. Desprolijo y sucio, como todo lo permanente.

Recibo un mensaje de Lara en mi teléfono y voy a abrirle la puerta. Bajamos en el ascensor con Gallardo. Ahí dentro nos encontramos al vecino del sexto, el hombre que habla solo. Me mira a los ojos. Le digo que vamos a planta baja.

–Qué calor –le digo.

Me responde que sí, que está terrible.

–¿Sigue teniendo al perro? –le vuelvo a preguntar.

Me responde que ya no.

–Pobrecito –le digo–. ¿Se murió?

Me responde con un sí cortante.

–¿Y usted sigue viva? Pensé que se había matado con el auto –me responde.

Ni bien bajamos del ascensor podemos ver a Lara, que me espera detrás de la puerta de vidrio. En cuanto abro, el vecino se pierde en el humo blanco que tiene la ciudad. Lara y yo nos abrazamos hasta la asfixia. Gallardo salta, ladra, llora, grita, muerde. Todo eso que las personas hacen también, pero con más cautela y por separado.

169

Lara tiene una estampita de san Cristóbal colgada del espejo retrovisor de su Gol 99. Me quedo mirándola. Lara me dice que es el santo de los viajeros. Se ríe y se le colorean los cachetes. Viajamos en el auto que le pidió prestado o le robó a su padre para volver a Buenos Aires. Le pregunto si no le da miedo manejar y me dice que todo lo contrario. Que no podría volver a confiar en nadie más. Me parece lógico. Miramos hacia adelante y no decimos ni mu. Lara estaciona en una avenida y bajamos. Gallardo va suelto y corre enajenado, con la lengua afuera. Lara le pide que se quede cerca. Caminamos, buscando la dirección que tengo en el teléfono. Abrazo como puedo a Lara. Lo que me permite el brazo que quedó sin dañar.

Seis perros miniatura iguales a Gallardo se muerden entre sí. Tienen garras del mismo tamaño que los dientes y se pisan las orejas. Una perra mestiza les hace una limpieza completa, les chupa la cabeza y los sacude en el piso mientras se huele con Gallardo. Gallardo la huele también, en retruco, y lo mismo hace con las criaturas, que apenas saben ladrar. Todo les pasa por las narices y las babas mientras se retuercen sobre una colchoneta de yoga que la dueña de la perra donó para la guarida. Estamos todas sentadas en el suelo de ese departamento de un barrio al sur. Se está yendo el día y empezaron los primeros fríos nocturnos. Hay un televisor encendido en el noticiero vespertino y bastantes personas lamentándose en la pantalla. No logro ver si por el clima, el delito o el futuro. Seguro sea el futuro. La dueña de la perra nos pide disculpas y sale del living para hacer un llamado. Apenas se la oye de lejos. Se ríe con alguien más. Nosotras nos quedamos con los cachorros. Somos las tutoras ahora mismo. Lara los filma con su teléfono. Se queja de que la cámara de su teléfono es de mala calidad, pero aun así no para de retratar. Después los replica en redes sociales como si fueran el único tesoro. Uno de los cachorros me muerde el dedo índice hasta hacerme doler. En otro momento lo hubiera maldecido hasta el fin, pero hoy no quiero. Gallardo está tan a gusto, tan a punto de quedarse profundamente dormido del relajo. Siento una especie de fanatismo por el perro que me regalaste, Felipe, así que gracias. ¿Querés pasar un día por casa para ver cómo armé mi vida?

Lara y yo miramos a los ocho perros durante un tiempo muy largo. Los miramos fijo, como si por telekinesis los pudiéramos hacer volar. Tanto los miramos que perdemos todo el registro. Lo queremos perder. Los cachorros bostezan. Los perros duermen. Nosotras enloquecemos.

Buenas noches.

ÍNDICE